Randal descubrió que quería ser mago...

Justo antes del mediodía, Randal se encontró con Madoc en la torre. El mago estaba leyendo un pequeño libro de tapas de cuero.

–¿Qué deseas, muchacho? –preguntó Madoc, sin levantar la vista.

–Quiero ser mago como usted –le dijo Randal.

–¿Cómo podrías querer ser mago, muchacho? No tienes la más mínima idea de lo que se trata. –Madoc se puso de pie y se detuvo para observar a Randal . Pasarás la mayor parte de tu vida con los poderes suficientes como para solo meterte en problemas. Tendrás hambre más veces de las que te alimentarán. Pasarás más tiempo en peligro en el camino que a salvo bajo techo. Y tal vez sobrevivas a todo ello y llegues a viejo, sabio y canoso... pero si lo haces, la mayoría de tus amigos ya se habrá muerto tiempo atrás, muchacho, y un día te convertirás en un buen caballero. La magia no es vida para ti.

Randal se fue, pero se sintió inquieto y nervioso. Aun si la magia era tan dura como Madoc decía, era todo lo que quería.

CÍRCULO MÁGICO

ESCUELA DE MAGIA

Debra Doyle y James D. Macdonald

ALBATROS
TUS MARAVILLAS

A Margaret Esterl y W. Douglas Macdonald,
y en memoria del Dr. Douglas Amos Paine

Circle of magic
Edición publicada en 2001.
Copyright © 1990 Troll Communications L.L.C.
Título original: *School of wizardry*

Diseño de tapa: Shi Chen
Fotografía: Stephen Dolce
Para esta edición
Traducción: Silvina Merlos
Corrección: Cecilia Repetti

ISBN 950-24-0985-X

Copyright © 2001, by EDITORIAL ALBATROS SACI
J. Salguero 2745 5º-51 (1425)
Buenos Aires - República Argentina
E–mail: info@edalbatros.com.ar
www.edalbatros.com.ar
Impreso en la Argentina / Printed in Argentina

I
Un extraño llega al Castillo de Doun

–Te dije que iba a llover –rezongó Randal al ver las gotas que moteaban las lajas del patio del Castillo de Doun. En uno o dos minutos, una fina capa de barro cubriría el pavimento.

–Y yo te dije que Sir Palamon nos tendría esperando afuera de todas maneras –dijo su primo Walter mientras caminaba resueltamente hacia los maderos de práctica, anchos postes de madera de la altura de un hombre, con cortes y muescas producidas por los embates de caballeros y escuderos del Castillo de Doun.

Walter tenía dieciséis años y ya llevaba una armadura de metal. Randal, con sus doce casi recién cumplidos, aún practicaba con protecciones de cuero acolchado. Miraba a su primo que hacía cortes por arriba y por abajo, a diestra y siniestra, en los maderos, y se preguntaba si la armadura haría alguna diferencia.

El sonido de metal tintineando sobre el pavimento lo hizo girar sobre sí. Sir Palamon, maestro de armas del Castillo de Doun, se detuvo con sus pulgares enganchados en el cinturón. –Me agrada verlos aquí afuera, muchachos –dijo–. Continúen con la práctica.

Randal tomó su espada. Una y otra vez hizo girar el pesado filo sobre su cabeza, lo pasó por sobre el hombro y lo empujó con fuerza por detrás de él. La voz áspera de Sir Palamon lo interrumpió a medio movimiento: –Veamos ese último movimiento una vez más... y esta vez, ¡da un paso hacia adelante!

Randal arremetió con la espada.

Sir Palamon lo miró disgustado. –¿Qué crees que haces? ¿Hoyos en una bolsa de harina? ¡Hazlo de nuevo!

Randal lo intentó nuevamente. Sir Palamon movió su cabeza en desacuerdo y blandió su propia espada.

–Puede ocurrir –dijo el maestro de armas–, que un día no cuentes con el escudo, ni con la armadura, ni tus amigos se encuentren cerca de ti, pero tendrás tu espada y tu habilidad. Siempre las tendrás contigo. Ahora, observa.

El maestro blandió la espada como si le cortara las piernas a su enemigo. A último momento, estiró el brazo y avanzó un paso, convirtiendo el golpe en una arremetida mortal.

–Así –dijo Palamon–. Apunta a un punto por detrás de la espalda de tu enemigo. Ahora inténtalo tú.

Randal asió la espada con fuerza. Con el ceño fruncido, intentó imaginarse al enemigo de pie frente a él, no más alto que esto, ni tan lejano como aquello. Podía visualizar dónde terminaría el movimiento, al otro lado de la figura imaginaria; balanceó la espada y ubicó el extremo justo en ese punto.

–Así está mejor –aprobó Palamon–. Continúa practicando y no dejes que tu mente vague; y haremos de ti un caballero.

Un grito provino de las puertas del castillo: –¡Se acerca un extraño por el camino!

El viento sopló con mayor intensidad e hizo que la lluvia punzara el rostro de Randal. –Muy bien, muchachos –escuchó de Palamon mientras se acercaba a las puertas–. El clima ha empeorado; ya pueden entrar.

Randal se tomó su tiempo para sacarse la protección acolchada; quería ver quién se aproximaba, al igual que Sir Palamon. En esos días, sin un verdadero rey en las tierras y con grandes nobles que luchaban por el poder, no muchos viajaban solos por los caminos.

El recién llegado no resultó tan interesante: era un hombre de unos cuarenta años con una corta barba oscura, que llevaba un báculo no mucho más alto que él. Vestía una camisa suelta de lino amarillo raído y una kilt de lana gris que le subía por un hombro y sujetaba con un cinturón alrededor de la cintura. "Es un largo camino hasta su casa", pensó Randal. Solo los miembros de las tribus semicivilizadas del norte del país vestían de esa forma.

Sin duda, cuando el extraño habló, su acento demostró una tonada norteña: –¡Saludos! Madoc el Caminante, para servirle.

Sir Palamon recorrió al extraño con la mirada: –¿De qué manera podrías servirme?

–Con información –le dijo–. Y encantos por un poco de comida para mi cena.

Randal observó que Sir Palamon comenzó a sonreír: –Un hechicero, ¿eh?

–Un mago –corrigió Madoc.

Randal no dejaba de mirarlo. Teniendo en cuenta que el norteño viajaba desarmado y a pie, se había dirigido a Sir Palamon como a un par. Hasta Walter, que era el hijo de señor del castillo y casi un caballero, no podía hablarle de esa manera.

Sin embargo, Sir Palamon sólo asintió: –Entonces eres doblemente bienvenido, Maestro Madoc.

Los dos hombres caminaron juntos pasando el establo y la herrería hacia la torre del castillo, sin dejar de ser observados por Randal. "Entonces es un mago de verdad", pensó. Nunca antes había visto un mago, a menos que contara la curandera del pueblo, y la llegada de Madoc le produjo una especie de rara excitación, como si un brazo o una pierna volviera a moverse después de largo calambre.

Esa noche, en un gran salón del Castillo de Doun, era el turno de Randal de servir la mesa, donde Lord Alyen le había dado al mago un lugar de honor al lado de Sir Iohan, el más anciano de los caballeros del castillo. Durante toda la cena, hablaron sobre política y se los veía serios. Randal suponía que debería haber habido un tiempo en donde la situación del reino no hiciera fruncir el ceño a sus habitantes, pero no podía recordar que las cosas fueran de otra manera. La única hija del Rey Robert había desaparecido misteriosamente de su cuna un año antes de que Randal naciera, el mismo rey había fallecido al año siguiente, y duques y condes se disputaban la corona desde ese momento.

Tan pronto como Randal terminó de retirar los platos vacíos, Lord Alyen se volvió hacia el mago y le dijo: –Los temas de conversación de esta noche han sido un poco aburridos, Maestro Madoc. Si sus trucos pueden alegrar un poco el ambiente, el resto de nosotros estaría complacido.

Randal sintió que la piel se le erizaba de emoción. Eso era lo que había estado esperando desde que Madoc había hablado con Sir Palamon y se autodenominó mago. Magia... pura magia.

El mago se puso de pie y les hizo una reverencia a Lord Alyen y a las damas presentes. Luego, pasó por detrás de la mesa, se dirigió hasta el centro del salón y dio una orden. Todas las antorchas del salón se apagaron.

La oscuridad reinó por unos instantes. Luego, de la nada, aparecieron luces de colores. Una melodía comenzó a sonar, suave al principio y después, cada vez más intensa, una música sobrenatural ejecutada por instrumentos que Randal nunca antes había escuchado. Burbujas y nubes de colores se materializaban y bailaban al ritmo de la música, haciendo figuras de luz por todo el salón. La música finalizó con un acorde sonoro, las luces se desvanecieron, y Madoc dio otra orden. Las antorchas se encendieron nuevamente.

Todos irrumpieron en un gran aplauso, pero Randal quedó tieso, aún atrapado en la creación del mago. Un sentimiento de conmoción se apoderó de él y le produjo un vahído momentáneo. "¿Cómo se sentirá hacer aparecer del aire algo como eso?", se preguntó.

En la mesa, Lord Alyen asentía con aprobación y dijo:
—Nos has dado la belleza, Maestro Madoc, y sería el primero en decir que fue suficiente... pero estos son tiempos duros. ¿Podría predecirnos el futuro también?

—Por lo general —dijo Madoc—, es mejor no ver el futuro, y la mayoría de las profecías son demasiado negras para que resulten útiles. Pero haré lo mejor que pueda para usted y los suyos. —El mago observó todo el salón—. ¿Alguien podría traerme un recipiente? Grande y poco profundo, si es posible.

Antes que los otros escuderos reaccionaran, Randal se había zambullido por un hueco que había en la pared del salón. Fue directo al armario de madera donde se guardaba la vajilla y tomó una bandeja grande de barro oscuro. La llevó hasta el salón.

—¿Esto servirá, Maestro Madoc?

El mago echó un vistazo a la fuente y dijo: —Excelente. Sostenla, por favor. Qué muchacho amable.

Madoc abrió una bolsa de cuero que llevaba en el cinturón y tomó algo pequeño, un trozo de cristal, creyó ver Randal.

9

Con el pequeño objeto en la mano derecha, el mago movió el puño cerrado primero sobre la fuente vacía y comenzó a entonar un cántico en un idioma que Randal nunca había escuchado hablar.

La fuente se enfrió en las manos de Randal, y se formó una bruma sobre su superficie oscura. Por detrás del mago, las velas de la mesa comenzaron a refulgir y se quemaban en azul. Sintió un viento frío que lo despeinaba. La bruma gris se espesó y se envolvió en un torbellino, y la fuente se tornó de pronto mucho más pesada... el agua llegaba hasta el borde.

Las velas de la mesa resplandecieron nuevamente. El reflejo que producían bailaba en la superficie del agua. Bajo la luces, el agua se veía oscura... "No, espera. Veo algo de color", pensó Randal.

Verde; era un verde intenso, hermoso como el campo después de una lluvia de verano, brillante como una joya. La mancha verde se esparció hasta cubrir el fondo del recipiente. Randal observó que el color verde brillante de césped sembrado muy junto, y por el césped, golpeteaban unos cascos, cascos de caballos negros. Transcurrieron unos instantes mientras Madoc volvió a pronunciar palabras sin sentido, y los caballos negros continuaron galopando por el campo verde sin emitir sonido.

El mago pronunció una última sílaba penetrante. La imagen se desvaneció y dejó a Randal con la mirada fija en la fuente vacía. Agitó la cabeza y levantó la vista. Madoc estaba de pie a su lado, y los demás que se encontraban en el salón, miraban al norteño enfundado en una kilt con expresiones que iban desde divertida hasta casi de espasmo reprimido.

A Randal le temblaban las manos. Esto no había sido como ver una demostración de luces de colores; esta vez, la magia lo había tocado algo muy dentro de sí, y algo lo había con testado.

Ante un gesto de Lord Alyen, devolvió la fuente al armario y volvió a tomar su lugar junto a Walter. Como el murmullo crecía en el salón, se acercó a su primo y susurró: – ¿Viste?

Esperó la respuesta, aún temblando un poco... No sabía qué había sucedido, pero sí sabía que tenía que saber si su primo había tenido la misma visión. "¿Y si no?", se preguntó Randal. "¿Y si no lo vio nadie más que Madoc...? o ¿si no lo vio nadie más que yo?"

Pero Walter solo lo miró extrañado. –¿Ver qué? ¿Otra vez estás soñando despierto?

"No vio nada", pensó Randal. "Y yo sí." El solo saberlo lo puso incómodo; no sabía qué quería decir, pero sabía que era importante. En voz alta, solo dijo: –Me temo que no estaba prestando atención. ¿Qué pasó?

–¿Que qué pasó? –repreguntó Walter–. Bien, el mago dio un pequeño discurso sobre todos los que están aquí. Deberías haber visto la expresión de Sir Palamon cuando el mago le dijo que iba a estar en una batalla que le daría fama suficiente por el resto de sus días.

Randal no estaba seguro de que fuera una suerte... no sin una predicción de cuántos días serían esos... Pero sabía por experiencia que Walter no lo vería de todas maneras.

–¿Dijo algo sobre mí? –preguntó Randal.

–No, no dijo nada sobre ti –le contestó el primo–. La mayoría de las cosas que dijo fueron buenas, y mi padre está complacido.

Después de la cena, Randal se sentó a esperar a los pies de la escalera caracol que llevaba a los pisos superiores de la torre. Lord Alyen le había asignado al inesperado huésped, una habitación arriba, no solo un lugar donde dormir en el suelo del salón. Randal planeaba encontrarse con el mago justo cuando saliera del gran salón y se detuviera a los pies de la escalera.

–Buenas noches, muchacho –le dijo Madoc–. ¿En qué estás pensando?

Randal se puso de pie: –Maestro Madoc, cuando miró dentro del agua esta noche, ¿qué vio?

–¿Que qué vi? El futuro, por supuesto.

Randal sintió que un fuego comenzaba a quemarle las orejas de vergüenza, pero ya había dicho bastante como para detenerse ahora. –Sí, pero... ¿cómo era? Todo lo que vi fue un campo verde y caballos negros.

–No me sorprende –dijo Madoc– con la educación que tienes...

–¡Pero nadie más vio nada! –la voz de Randal resonó en la última palabra, y se puso aún más colorado.

Madoc suspiró: –Cuéntame sobre los caballos, entonces.

–Solo eran caballos negros que galopaban –dijo el muchacho. Cerró los ojos por un momento e intentó volver a ver la imagen. Con cierta sorpresa, volvió a él con tanta claridad como antes. Miró la escena por unos momentos, y luego abrió los ojos nuevamente. –En un campo de algún lugar. ¿Eso quiere decir algo, Maestro Madoc?

–Tal vez –dijo el mago–. ¿Por qué estás tan curioso con esos caballos tuyos?

–Porque los vi –respondió–. Porque nadie más que usted los vio. –Hizo una pausa, respiró profundamente y continuó, sintiéndose tonto y nervioso al mismo tiempo–. Porque tal vez quiera decir que yo también pueda ser mago.

No dijo más nada y bajó la mirada. Luego de un instante de silencio, escuchó la risa afable del mago. –Si hubiese hecho malabares con tres pelotas, muchacho, ¿hubieras querido ser malabarista? No todos los que tienen visiones en agua clara debe hacer magia. Ahora, vete a la cama. –Con un suspiro, Randal hizo lo que le ordenó.

Llegó la mañana, gris y fresca. La lluvia caía por capas en el patio del Castillo de Doun: hoy no habría práctica con la espada. Dentro del castillo, se veía a todo el mundo atareado en el gran salón, pero Madoc parecía que no se hallaba cómodo con la calidez de la compañía. Buscó en cada habitación bulliciosa sin resultado.

Justo antes del mediodía, lo encontró en un descanso de la escalera de la torre. Madoc se había sentado en el nicho formado por una de las altas y angostas ventanas, para leer un pequeño libro de tapas de cuero a la luz del día gris que provenía del exterior. La lluvia no entraba –las paredes externas del castillo tenían más de una yarda de espesor–, pero el viento frío hizo castañetear los dientes de Randal. Se preguntaba cómo podía soportarlo.

Randal le preguntó: –¿Durante cuánto tiempo se quedará aquí?

El mago se encogió de hombros sin voltearse. –Hasta que me canse, o bien hasta que Lord Alyen se canse de mí, lo que ocurra primero. –Hizo una pausa–. Un día más, creo.

"Un día más", pensó Randal. Una sensación de abatimiento lo sorprendió cuando supo que se iría. Madoc retomó la lectura; Randal lo observó por unos instantes, y luego le preguntó: –¿Los magos deben leer mucho?

–Nunca conocí a uno que no lo hiciera –dijo Madoc.

–Ah... –exclamó Randal. Nadie en el Castillo de Doun sabía leer, excepto, tal vez, Lord Alyen–. Creo que podría aprender.

–¿Aún deseas ser mago, no?

Randal asintió. –Sí, señor. ¿Me enseñaría?

El mago cerró el libro con un suspiro. –Quédate aquí en Doun –le aconsejó–. Tienes un gran futuro por delante.

–Nunca me ha leído el futuro –dijo Randal–. Walter me lo dijo.

–Algunas cosas se saben sin necesidad de mirar en una fuente con agua. Sir Palamon cree que te irá bien.

–Tal vez, no quisiera el futuro de Sir Palamon –dijo Randal–. Tal vez querría uno como el suyo.

–¿Cómo es que deseas ser mago, muchacho? No tienes la más mínima idea de lo que se trata. –El mago se puso de pie y se detuvo para observarlo. El norteño no era muy diferente de Lord Alyen o de Sir Iohan, pero estando tan cerca, Randal aún tuvo que mirar para arriba para verlo a los ojos–. Pasarás la mayor parte de tu vida con los poderes suficientes como para solo meterte en problemas. Tendrás hambre más veces de las que te alimentarán, y pasarás más tiempo en peligro en el camino que a salvo bajo techo. Y tal vez sobrevivas a todo ello y llegues a viejo, sabio y canoso... pero si lo haces, la mayoría de tus amigos ya se habrá muerto tiempo atrás. Baja y ve con tu tío, muchacho. No sería vida para ti.

–Pero... –protestó Randal.

–¡Haz lo que te digo!

Randal bajó. La lluvia continuó durante todo el día y no volvió a ver al mago hasta la cena.

Una vez acabada la cena, Madoc realizó otra de sus presentaciones de luz y sonido. Esta vez, aún más bellas que antes, pero la música era triste. Luego, un punto brillante apareció frente al mago, y otro y otro. Cambiaron de forma y titilaron hasta que pareció que habían formado un árbol dorado, con una altura de tres veces la estatura de un hombre alto.

El árbol de luz permaneció por un momento a la altura de su gloria, con las ramas llenas de flores. Luego, mientras Randal miraba embelesado, se encogió hasta formar un viejo árbol nudoso y escondió sus hojas refulgentes hasta acabar en la oscuridad.

Después de la cena, en vez de buscar compañía, Randal se dirigió hasta la pequeña habitación que compartía con Walter. Se arrojó sobre la cama sin molestarse en desvestirse, y se acostó con los ojos fijos en la oscuridad. La ilusión de Madoc lo inquietaba: no podía soportar sentir que había un mensaje para él en alguna parte.

"Pero, ¿qué tipo de mensaje?", se preguntaba. "¿Quiere decir que si estudio magia mi vida se convertirá en nada? ¿O significa todo lo contrario?"

Randal se hacía las mismas preguntas una y otra vez, pero no podía encontrar una respuesta. Aún continuaba pensando en ello cuando el sueño lo venció.

Pero a la mañana siguiente ya había dejado de llover. Randal podía oler que se acercaba un día espléndido aun antes de despertar: una mezcla de piedra lavada, césped nuevo y tierra húmeda secándose al sol. Se bajó de la cama y se detuvo por un momento, pestañeando en la habitación vacía.

"Otra vez me quedé dormido", pensó. "Walter ya se fue."

Se apresuró y bajó las escaleras. Nadie lo detuvo en el

gran salón, ni siquiera parecía que advirtieran su presencia. Fue hasta el patio. Todo refulgía bajo el sol, y las puertas del castillo estaban abiertas. Sin saber en realidad por qué, Randal salió y bajó al prado.

No llegó muy lejos; solo hasta una verde colina en un campo cercano al castillo. Se dirigió hasta la cima de la pequeña colina y se quedó allí para contemplar el claro cielo azul.

Un sonido llamó su atención. Débil pero perceptible, pudo oírlo –el ruido de muchos cascos que galopaban. Lejos, a la distancia, un grupo de jinetes cabalgaba hacia él, con sus banderines de colores brillantes en contraste con el verde esmeralda del terreno.

Sintió tanto pánico que casi se atraganta. "Los jinetes vienen por mí", pensó. "Sé que vienen por mí." Si permanecía en la cima de la colina, lo verían... si no lo habían visto ya.

Comenzó a bajar por la ladera de la colina. Un segundo después, se tropezó y cayó hacia atrás, golpeándose la cabeza. No podía ver la pared con la que había chocado, pero podía sentir la piedra áspera bajo los dedos. No alcanzaba la parte superior ni siquiera saltando. Tampoco había algún hueco; la siguió al tacto hasta la cima de la colina.

En pánico, se dejó caer sobre las rodillas y comenzó a empujar la barrera invisible. "No deben encontrarme", pensó. "Debo hallar una salida. No hay forma a través de la pared, ni sobre ella... Tendré que arrastrarme por debajo."

Comenzó a arrancar panes de césped del suelo, a cavar la tierra blanda, lo más rápido que podía, por debajo de la pared impalpable. Le quedó un dedo atascado en una roca enterrada; se arrancó la uña y comenzó a sangrar. Del otro lado del muro, los cascos resonaban como truenos. Randal retiró la piedra de greda oscura y continuó cavando...

Luego, con un sobresalto, despertó por segunda vez. Se encontraba acostado, temblando en la luz gris que se produce justo antes del amanecer. Del otro lado de la habitación, Walter dormía y roncaba.

Se dio cuenta de que todo había sido un sueño. ¿Pero qué clase de sueño? ¿Qué significaba? Se levantó y corrió hasta las puertas del castillo.

—¿Ha sucedido algo desde anoche? —le gritó Randal al soldado de guardia.

—No mucho —contestó el guardia—. Nadie ha traspasado las puertas, salvo el mago.

—¿El mago? ¿El Maestro Madoc?

El guardia asintió: —Dijo que prefería irse antes de que dejara de ser bienvenido.

"Se fue." Randal apretó los puños. El movimiento le dolió; se miró las manos y vio que las tenía llenas de tierra. Un hilo de sangre le corría por debajo de la uña que se había roto con la roca del sueño.

"Querías una respuesta", se dijo. "Ahora tienes una. Vete de inmediato, o quédate para siempre. Es tu elección."

II
Camino a Tarnsberg

Bien entrada la tarde, Randal ya había dejado atrás el Castillo de Doun. La luz del sol baja volvía de un cálido tono dorado la superficie de tierra del Camino del Rey. Se detuvo a admirar la escena por un momento y observó una larga senda que corría por delante.

Dejó el castillo antes de que subiera el sol, después de vestirse para su viaje con sólidas botas y una túnica lisa, con su abrigo más grueso doblado y sostenido por su cinturón a la espalda. No tenía idea de lo largo del camino. El guardia de las puertas del castillo le había dicho que Madoc se había ido, pero el mago no habría seguido el Camino del Rey por mucho tiempo.

A la izquierda de su cuerpo, sujeto por su cinturón y por una tira de cuero que rodeaba su hombro derecho, pendía una espada corta; la única arma de la armería del Castillo de Doun que podía llamar suya. Su padre se la había obsequiado el día que había dejado a su familia para entrenarse como caballero en la casa de su tío.

A esa hora, Randal suponía que ya todos en el castillo se habían enterado de su partida. Durante todo el día esperó oír el sonido de cascos en el camino por detrás de él, y se había preparado para volver y enfrentar a Sir Iohan o a Sir Palamon, o hasta al mismo Lord Alyen, que cabalgaban tras él en furiosa persecución. Pero nada de esto sucedió; lo que le hizo pensar si su presencia en Doun había sido considerada tan poca cosa como para que nadie advirtiera su ausencia.

La posibilidad rondaba su cabeza, pero seguía su camino. El aire se enfrió y caminaba con dificultad. Cerca del anochecer, los olores combinados de brasas y carne asada llegaron hasta él en la brisa de la tarde. El aroma a comida recién hecha le hizo agua la boca, pero a pesar de su apetito, no se dirigió directamente hasta el campamento. En esos días, hasta el Camino del Rey estaba lleno de ladrones y bandidos de la peor calaña.

En cambio, se internó en el bosque a la izquierda del camino. Se movía con sigilo, como si estuviera cazando conejos con su primo Walter en las colinas que rodeaban el Castillo de Doun, y pronto descubrió el campamento: nada más que una pequeña fogata en un claro, atendida por un hombre en la túnica color azafrán y kilt gris del norteño.

"Madoc", pensó Randal con satisfacción. Decidió dirigirse hacia él y llamarlo por su nombre, pero luego, dudó. En ese preciso momento, si lo quisiera, aún estaba a tiempo para volver al castillo de su tío y a la única vida que había conocido. Lord Alyen lo castigaría, por supuesto, y no levemente, pero sea cual fuera la excusa, Randal nunca sería cuestionado por el tiempo perdido, y su ofensa pronto sería olvidada.

Pero si continuaba y Madoc no lo rechazaba, entonces para bien o para mal, su vida cambiaría por siempre. Permaneció indeciso por unos instantes y luego, se resolvió.

—¡Hola a todos! —exclamó, y salió de su escondite de entre los arbustos.

Madoc se dio vuelta. No parecía sorprendido por el saludo inesperado. Randal caminó hacia la fogata hasta acercarse al mago, pero a una distancia prudencial. Luego, se detuvo, consciente de que podía incomodarlo.

Madoc hizo un gesto de hospitalidad con la mano. –¿Quieres acompañarme con la cena?

Randal sintió que tanto su cuerpo como su espíritu se iluminaban de repente al desvanecerse la barrera invisible. Se acercó aún más al fuego. Al hacerlo, advirtió que había traspasado una línea oscura trazada en el suelo. Madoc repitió su gesto anterior, y la línea brilló por un segundo con una luz entre blanca y azul; Randal vio que había hecho un círculo alrededor del claro. Después, la luz desapareció.

"Magia", pensó Randal al sentir una vez más esa sensación de hormigueo que había sentido en el gran salón en Doun. "Es una pared mágica invisible... como la del sueño de anoche."

El norteño fue el primero el hablar: –¿Qué te trae tan lejos del castillo de tu tío?

–Quiero ser mago –dijo Randal.

Madoc movió la cabeza. –Te diré algo, muchacho... Yo no soy el que puede enseñarte.

Sabía que le decía la verdad. Recordaba un comentario que había escuchado de la curandera del pueblo de Doun, algo acerca de que las mentiras y la magia no salían de la misma boca, y lo intentó nuevamente.

–Si usted no puede enseñarme magia, Maestro Madoc, ¿me llevaría donde pueda aprender?

Madoc sonrió y Randal supo que esta vez había preguntado lo correcto. –Eso sí que puedo hacerlo –dijo el norteño–. Antes de la primera nevada, verás la ciudad de Tarnsberg y la escuela para magos que hay allí.

—Pero, apenas estamos en primavera —protestó Randal—. ¿Qué haré... hasta ese momento, entonces?

"No puedo volver a Doun", pensó. "No podré irme por segunda vez".

—Viajaremos —dijo Madoc—. Seguiremos el Camino del Rey por un tiempo. Y tú —agregó— aprenderás lo suficiente sobre lectura y escritura como para poder ingresar a la Schola. Al menos, eso es algo que sí puedo enseñarte en el camino. No te preocupes, muchacho, estarás bastante ocupado durante el trayecto.

El norteño hizo todo lo que había prometido, y Randal descubrió que era tan bueno con los sonidos y con las letras como nunca lo hubiese sido Sir Palamon con la espada y el escudo. Noche tras noche, mientras los dos marchaban por Brecelande, Randal se iba a dormir con hileras de garabatos sin sentido que rondaban su cabeza. No obstante, lentamente, adquirieron sentido, y comenzó a aprender.

Una tarde, unas tres semanas después de la partida de Doun, Randal y Madoc se refugiaron en una cabaña abandonada. La jornada no había sido demasiado placentera.

Caminaron toda la tarde por un paso donde el ejército de alguna persona había desfilado no mucho tiempo atrás. Los campesinos que debían haber plantado los cultivos de primavera habían huido o ya los habían matado, y los caballos escaparon a otros pastizales. Aún yacían sin sepultura cuerpos de hombres y animales en las ruinas de lo que en algún momento había sido un pueblo próspero.

Se apresuraron, pero al caer la noche ni siquiera habían dejado atrás toda esa destrucción. La cabaña desierta donde por fin acamparon, le faltaba medio techo y la mayor parte de la pared en dos de sus lados.

Randal se sentía un poco temeroso. Durante toda la cena, que consistió en tortillas de cereal y agua cocidas sobre una piedra caliente en la fogata, se quedó pensando en el campo desvastado que habían atravesado. La comarca de Doun estaba en paz con sus vecinos, pero la posibilidad de una guerra había sido la mayor preocupación de Lord Alyen desde que Randal tenía memoria.

El recuerdo de su tío le trajo a la memoria otra de sus preocupaciones. Se sentó y le dio vueltas al tema durante unos momentos, con los brazos rodeando las rodillas, y luego dijo: —Espero que no ocurra nada malo en Doun. Si me estuvieran buscando, ya habríamos oído algo acerca de ello.

Madoc clavó la mirada en la pequeña fogata. —Debes saber, muchacho, que la noche que partí, fui a ver a tu tío y le dije tu futuro. Saben dónde estarás.

Randal levantó la cabeza. —Usted nunca me leyó el futuro.

—Nunca dije eso. Dije que algunas cosas eran lo suficientemente claras sin él. Y el futuro es una de esas cosas.

—¿Me lo dirá a mí?

—No. Saber el futuro no es bueno a veces, y esta es una de ellas.

Madoc juntó unas ramitas, las echó en los restos del hogar de la cabaña, y pronunció una palabra mágica. Las ramas comenzaron a quemarse, irradiando un agradable calor que contrastaba con el fresco de la noche. Luego, el maestro mago invocó una bola de luz que iluminó el interior de la cabaña.

—Ahora, a tus lecciones.

Pero esa noche, estaba demasiado distraído como para estudiar. Después de comenzar varias veces en vano, Madoc levantó la vista del libro que le mostraba a Randal, que era el mismo ejemplar que había estado leyendo en la torre del

Castillo de Doun. –Lo que has visto hoy te preocupa. ¿No es verdad?

–No –mintió Randal. Y luego sí. –Y después, mientras su mente divagaba sin descanso de tema en tema, agregó: –Esa última noche en Doun, tuve un sueño. –Relató los hechos tal como los había soñado, y terminó diciendo–: Nunca tuve un sueño tan real como ese... ¿Tiene algún significado?

–Todo tiene algún significado –contestó Madoc–. El secreto es saber cuál puede ser ese significado. Además, muchas cosas pueden significar más de una cosa a la vez, especialmente los sueños.

–¿Y qué hay de mi sueño?

–Lo de los jinetes –explicó Madoc– es obvio. Si te atrapan, te encerrarán en una vida de caballero y barón. La barrera invisible es la magia, que pone muchos más límites en ti que convertirse en caballero. La magia te contuvo por unos momentos, y te forzó a tomar una decisión.

–¿Eso es todo? –Randal se sintió decepcionado; esperaba algo más misterioso.

–En parte, sí –dijo Madoc–. No todos los sueños revelan todo su significado a primera vista.

Randal pensó por unos momentos, y luego preguntó:

–¿Usted tiene sueños que son reales?

–¿Por qué piensas que me convertí en mago, para empezar? –repreguntó Madoc–. Tuve un sueño... muy real...

El mago se quedó en silencio y observó el fuego. –Me vi en una casa muy parecida a esta, sentado al lado del fuego, parecido a este, y hablando con un muchacho.

Randal permanecía callado y deseaba que Madoc continuara. Después de una pausa, mientras comenzaba a caer la lluvia, retomó.

–Pensaba que ese sueño se había hecho realidad años atrás, más de lo que me atrevo a pensar. Encontré refugio en una tienda abandonada en la frontera norte. En ese entonces, era mago itinerante, y cuatro años en la Schola no me dieron más que confianza en unos poderes que no merecía. Y al caer la lluvia, descubrí que no era el único que se había refugiado en el lugar. Un joven caballero entró, caminó hasta el fuego y me preguntó si podía unirse a mí. La lluvia no cesó en una semana, y pudimos conocernos bien. Me dijo que se llamaba Robert, de la Guardia Real de las tropas del norte, que su padre era el Rey supremo, y que algún día llegaría a ser Rey supremo también.

El mago agitó el fuego, con la vista perdida en las llamas.

"Entonces, eres el hijo del Rey supremo", pensé "y yo soy el primo segundo del Rey de Elfland". No creo que ninguno de los dos le creyera al otro. Si era un Guardia Real, entonces su función era la de proteger las fronteras de Brecelande para su pueblo, y nunca hubiese trabado una amistad con un miembro de ninguna tribu. Pero parecía que decía la verdad.

El mago hizo una nueva pausa.

–Mientras fue el Rey supremo, no hubo guerras en el reino. No se quemaron pueblos ni hubo bandas de criminales. Pero hace catorce años que murió. Y desde ese momento, ya no hubo más paz. ¿Por qué quise ser mago? Te diré que para no ver las cosas que vi.

Madoc se puso de pie, se dirigió a la pared semiderrumbada y miró hacia la oscuridad de la noche. La lluvia continuaba cayendo, más intensa que antes.

Al fin, Randal se atrevió a hablar nuevamente.

–Ese árbol que nos mostró en el Castillo de Doun, ¿también tiene un significado?

–Sí –contestó con voz cansada–. Te preguntaba si deseabas dejar marchitar los frutos de tu mente dentro de paredes de piedra. Ahora, a dormir.

Randal se acomodó dentro de su abrigo y se recostó cerca del fuego. Durante el tiempo que permaneció despierto, no despegó su mirada del mago, pero Madoc no se movió ni habló más esa noche.

El otoño se hizo presente, y el viaje aún continuaba. Randal y Madoc pasaron de los altos páramos a una cadena de colinas en pendiente. Comenzaron a atravesar los campos desnudos por la cosecha, y la escarcha dormía sobre el pasto en una lomada que daba a una ciudad de piedra gris en una bahía.

Randal se detuvo entre dos colinas y observó más edificaciones que las que jamás había visto juntas en un solo lugar. "El pueblo de Doun no es nada comparado con esto", pensó. "Podría llegar a agradarme un lugar como este."

Sobre el hombro, Madoc le dijo con calma: –Este es el lugar para aprender los principios de la magia. Tarnsberg, sede de la Schola Sorceriae.

–¿De la qué? –preguntó Randal. Reconocía la frase de algunos de los dichos en lengua desconocida que Madoc a veces decía en sus conjuros, pero las palabras aún no significaban nada para él.

–La *Schola Sorceriae* –repitió Madoc–. En lengua antigua, significa Escuela de Magia.

–En lengua antigua –dijo Randal. Nunca antes había escuchado el término–. ¿Es mágica?

Madoc agitó la cabeza. –No, muchacho. Solamente es una lengua que se hablaba hace mucho tiempo en países del sur. Todos los magos la utilizan. De esta manera, cuentan con un lenguaje común provengan de donde provengan.

–Entonces ¿yo la aprenderé? –quiso saber.

–Has aprendido a leer, ¿no es así? –indagó el norteño, y Randal tuvo que asentir.

–Entonces... –dijo Madoc, como si Randal hubiese contestado a su propia pregunta–. Es tiempo de saber si la Schola te tomará. Vamos, muchacho.

Comenzó a descender por la colina y Randal lo siguió con el entrecejo fruncido a espaldas del mago.

"En el supuesto caso que la Schola me tome", pensó. Hasta ese momento, no había considerado que el largo viaje no había servido para nada. La idea lo paralizaba. "¿A dónde iré si los magos no me toman?", se preguntó. "¿Qué haré?"

Una vez dentro de los muros de la ciudad, no tuvo tiempo de preguntárselo. Tarnsberg era bulliciosa y populosa (y maloliente) en comparación con la limpia soledad de la campiña de Brecelande, y Randal no se despegaba de Madoc mientras caminaban por las calles angostas y sinuosas. Al fin, llegaron a una taberna, un lugar prolijo y próspero con el nombre de Grinning Gryphon. La puerta principal estaba abierta para recibir a los clientes del día. Madoc entró y Randal lo siguió.

Después de ver la calle, el salón de Grinning Gryphon parecía una oscura caverna. El aire olía a cerveza, a humo y a carne asada. Madoc ya hablaba con un hombre de delantal que se encontraba de pie junto a la puerta de la cocina. Randal, que no había probado bocado desde el desayuno, comenzó a ilusionarse.

Mientras esperaba, observó todo a su alrededor. Como todo lo demás que había visto hasta ese momento en Tarnsberg, Grinning Gryphon podía albergar dos o tres tabernas de las de los pueblos más pequeños. La luz se introducía por las ventanas que daban a la calle, y Randal vio que a la taberna no le faltaban clientes.

En un rincón, un grupo de hombres y mujeres jóvenes se sentaban alrededor de una sola mesa. Todos escuchaban atentamente a un hombre mayor que ellos que se paseaba cerca de la cabecera de la mesa, sin dejar de hablar. El hombre vestía una túnica larga hasta los pies de satén celeste. El ribete dorado y las mangas colgantes eran casi tan estrafalarios como la vestimenta de Madoc, pero la mayoría de su público vestía prendas lisas y algo raídas. Todos los jóvenes llevaban amplias batas negras sobre sus prendas habituales; Randal se preguntaba si las batas significaban algo.

Años de servir la cena en la mesa de Lord Alyen le habían enseñado el arte de escuchar una conversación disimuladamente. En ese momento, practicaba esa habilidad y se dio cuenta, con sorpresa, que estaba escuchando una clase. El hombre de celeste recitaba una lección con una voz profunda sobre la práctica de la magia.

–Ustedes se preguntarán qué es la fuerza vital. Es lo que conduce la magia, lo que la hace posible. –El hombre de celeste hizo una pausa, mientras los jóvenes tomaban nota apresuradamente en hojas de papel y en pequeños libros de tapa de cuero–. Todos y cada uno de los seres humanos –continuó– poseen esa fuerza vital. La nuestra está más desarrollada simplemente porque somos conscientes de ella. –Ahora, el hombre de celeste señaló a uno de los que lo escuchaba–, ¿cuál es el mejor símbolo de la fuerza vital?

–La sangre, Maestro –dijo la joven–. Porque una vez que se va la sangre, también se va la vida. –El hombre de celeste asintió–. Aun así, existen artefactos mágicos en el mundo que poseen una fuerza vital –dijo–, pero que no son objetos vivientes. La sangre, de hecho, es un símbolo, nada más que eso; pero un símbolo poderoso. ¿Cuántos de ustedes han al menos oído acerca de otras dimensiones de existencia? Cuanto más lejos vamos de la propia dimensión de existencia, más difícil es permanecer donde hemos ido, y más difícil aún, es retener el poder. Por ello, las dimensiones de caos y orden ejercen poca influencia sobre nosotros en este lugar. Pero si un habitante de una de aquellas dimensiones bebe de la sangre... donde la sangre es el símbolo de la fuerza vital... su poder en este mundo puede ser inmenso.

Randal no podía comprender todo lo que el hombre decía, pero sin embargo, estaba fascinado. Se hubiera quedado a escuchar un poco más, pero en esc momento, llegó Madoc con la comida: dos tartas de carne, todavía humeantes y jugosas, con una jarra de sidra marrón oscuro. El muchacho y el mago encontraron asientos en una mesa vacía, y Randal se atrincheró. Acababa de beber el último trago de sidra cuando el hombre en satén celeste se deslizó en un asiento vacío de la misma mesa.

–Madoc, viejo ladrón de ovejas, ¿qué te trae por aquí?

Randal casi se atraganta con la sidra que estaba a punto de tragar. Hasta Lord Alyen se había dirigido a Madoc con más respeto que ese extraño mal vestido. Pero Madoc solo sonrió.

–Encontré algo en mis viajes, Crannach –contestó el norteño, y luego comenzaron a hablar en un idioma que Randal no comprendía, pero sí podía asegurar que no era la lengua antigua ni el idioma que hablaban en Brecelande.

Mientras los dos hombres conversaban, Randal aprovechó la oportunidad para observar el lugar. El grupo de personas que habían estado escuchando al hombre de celeste se había dispersado; ahora, estaban sentados por separado, con libros y papeles, o hablaban serios en pequeños grupos de dos o tres. No tenían el aire intrépido de Madoc y de su nuevo compañero. De hecho, todos se veían tensos y preocupados.

"¿Aprendices de mago?", se preguntó Randal. "¿Por qué estarán tan afligidos?" Al ver los rostros sombríos se le ocurrió que si se convertía en aprendiz, descubriría por qué tan pocos de ellos sonreían.

La voz de Madoc lo devolvió a la realidad. –Bien, muchacho. Me gustaría que conocieses a mi amigo el Maestro Crannach. Él está de acuerdo con que te presentemos a los directores de la Schola.

La mirada de Randal pasó de Madoc al hombre de celeste. –¿Quiere decir que en verdad existe la posibilidad de que pueda aprender magia?

–Oh, sí –dijo el Maestro Crannach–. Si los Directores te aceptan, puedes buscar un maestro que te enseñe, y encontrarás la fuerza dentro de ti para hacerlo.

Observó a Randal con una mirada penetrante. –El Maestro Madoc me dice que no tienes ninguna preparación, y que has decidido recientemente estudiar el arte. Eso no te facilitará las cosas aquí, me temo. Pero, si en realidad te adecuas a esta vida, entonces la Schola es el único lugar para ti.

III
La Schola Sorceriae

Durante tres días, Randal permaneció en Grinning Gryphon. Dormía en una de las pequeñas habitaciones de arriba y pasaba el resto del tiempo en la sala común, de oyente, mientras Crannach le hablaba a su grupo de estudiantes. Madoc iba y venía atendiendo asuntos propios, sin darle ninguna explicación.

La mañana del cuarto día, el mago despertó a Randal a la madrugada y lo esperó mientras se vestía. Afuera, el cielo comenzaba a ponerse gris sobre las calles y brillaban las últimas estrellas de la mañana. Randal y Madoc caminaron en silencio hasta una alta edificación de piedra cercana al centro de la ciudad. Subieron algunos escalones angostos hasta llegar a una pesada puerta de madera. Estaba cerrada, y las figuras talladas de hombres y mujeres observaban a Randal desde sus nichos entre las ventanas con vidrio de ambos lados.

Al final de los escalones, Madoc se detuvo y se volvió hacia el muchacho. –Esta mañana te presentarás ante un grupo de magos: los Directores de la Schola. Te harán preguntas. Sé respetuoso y diles la verdad.

–¿Qué me preguntarán?

Con un gesto, Madoc le indicó que hiciera silencio mientras se abría la puerta. Adentro había una figura encapuchada.

Madoc lo empujó levemente para que entrara.

—Aquí debo dejarte, muchacho. Buena suerte.

Randal cruzó el umbral y la gran puerta se cerró detrás de él. Siguió al guía mudo por una larga escalera. Tallados grotescos de seres humanos y animales irreales con tanto detalle que hubiesen podido ser tomados por originales, soportaban la baranda de madera. En el piso superior, el guía se detuvo frente a otra puerta cerrada. Permanecieron de pie allí, en silencio, por un largo rato.

Entonces, sin ruido ni aviso, la puerta se abrió. Randal vio una gran habitación, más larga que el gran salón en el Castillo de Doun y casi tan alta. Estanterías repletas de libros llenaban el lugar del piso al techo. La luz clara de la mañana se filtraba por las altas ventanas, pero la iluminación del lugar provenía de muchos candelabros que se encontraban sobre una mesa cerca del extremo de la habitación.

Cinco personas estaban sentadas en sillas de madera tallada de respaldos altos al otro lado de la mesa. Dos eran ancianos; al menos el hombre y la mujer sentados en el centro de la hilera tenían el cabello blanco y arrugas en el rostro. El tercero era conocido —el Maestro Crannach, a quien había visto en la taberna. El cuarto hombre parecía mucho más joven, no mayor que algunos de los caballeros de Lord Alyen, de espeso cabello rubio y un rostro apuesto y sin arrugas.

El quinto hombre era Madoc. Los otros cuatro magos vestían batas con recortes de terciopelo de una hermosa tela negra, con profundas capuchas tiradas hacia atrás que revelaban el reverso en brillante satén. El norteño aún llevaba puesta la familiar kilt gris y la túnica color azafrán, pero había una bata similar colgada en el respaldo de la silla alta detrás de él, y Randal estaba seguro de que pertenecía a Madoc. Reconoció que su guía y amigo debía de ser un mago poderoso, por el hecho de que se sentara como uno más de los directores de la Schola.

El encapuchado mensajero silencioso lo guió hasta un lugar enfrente de la mesa. Luego, el mensajero desapareció entre las sombras, dejándolo de pie y solo.

Durante unos instantes, no hubo más que silencio. Randal permaneció quieto, como le habían enseñado en sus días de escudero, y esperó. Al fin, habló el hombre de más edad.

–Veo que llevas una espada –dijo.

Randal asintió y se quedó callado.

Después de otra larga espera, el mago agregó: –Arrójala.

Con lentitud, Randal se desabrochó el cinturón. Había recibido la espada corta antes de que lo aceptaran en el Castillo de Doun; había pertenecido a su padre, y al padre de su padre. Ahora, Randal la sostenía en su vaina y sentía su peso. Sabía perfectamente cómo empuñarla entre sus manos, cómo moverla y balancearla. Luego, la arrojó a un lado y escuchó cómo caía sobre el piso de piedra.

Los ecos del metal se esfumaron, lo que le dejó a Randal una sensación de soledad y vacío. En medio del silencio, habló Madoc, con una voz extraña que no pertenecía a su compañero de viaje de los meses anteriores.

–¿Por qué quieres ser mago?

Randal lo miró. Esa era una pregunta que ya le había hecho, una pregunta de la que aún no había descubierto la respuesta. Desesperado, le dio la única respuesta que se le ocurrió.

–Porque no quiero ser ninguna otra cosa.

El hombre de cabello rubio sentado al otro extremo de la

mesa miró a Madoc en una forma que Randal no supo interpretar, y luego preguntó: –¿Cuántos libros has leído?

–Ninguno, Maestro.

–Entonces, los estudios te resultarán pesados –le dijo el hombre de cabello rubio, con cierto pesar–. La mayoría de los estudiantes, antes de ingresar aquí, han leído al menos un ejemplar.

El Maestro Crannach le hizo un gesto a Randal. –Acércate, muchacho.

Randal se aproximó a la mesa. Ante su sorpresa, Crannach le dio un espejo, un buen espejo de cristal verdadero y no de metal pulido.

–Sostén esto –dijo el mago–. No lo sueltes a menos que te lo diga.

Randal obedeció. –Sí, Maestro.

Esperó unos instantes y sintió que el espejo comenzaba a entibiarse en la mano. El mango se ponía cada vez más y más caliente, hasta quemar. Todo el espejo comenzó a brillar y rayos de luz blanca azulada se escurrían entre sus dedos. Randal se mordió el labio y recordó aquella vez en la que se había quebrado la clavícula en el patio del Castillo de Doun mientras practicaba con la espada, Sir Palamon le dijo: "Un caballero no llora de dolor".

Randal miraba al grupo de personas que se encontraban ante él. "Y tampoco un mago", se repetía a sí mismo. "Si suelto el espejo ahora, nunca más podré llegar a ser mago..."

Estaba tan concentrado en su lucha interna al principio, que no se percató de que el espejo comenzaba a cambiar de forma. El mango ya no quemaba. Parecía frío y grueso, y crecía aún más. Y luego, se movió.

Randal ya no sostenía más un espejo común. Una larga

víbora verde se enrollaba en su brazo. Movía la lengua, siseó una vez y atacó.

Los colmillos se hundieron en el cuello de Randal. Sintió un segundo de dolor intenso, y luego una sensación de parálisis comenzó a apoderarse del rostro y bajaba hacia el pecho y los brazos. Después, también las manos perdieron sensibilidad. Desesperado, se aferró al cuerpo escamoso y resbaladizo de la criatura.

"Si la suelto, nunca llegaré a ser mago..."

La desagradable sensación alcanzó sus ojos. Todo comenzó a nublarse a su alrededor y se tornó negro. Justo antes de perder todo conocimiento, le pareció oír la voz de Madoc que daba una orden en la lengua antigua.

En ese momento, la vista de Randal se restableció. El espejo en la mano volvió a ser nuevamente lo que era y reflejaba nada más que su propio rostro pálido y asustado.

Randal miraba, tembloroso, su propio reflejo. Como en un sueño, oyó al anciano nuevamente.

–Has sido aceptado en la Schola, pero estás a prueba. ¿Sabes por qué te hemos pedido que te deshicieras de la espada?

–Porque los magos no usan armas –respondió Randal–. Cualquiera sabe eso.

–Y es muy cierto –dijo el mago–. Pero el gesto también significa el fin de tu vieja vida y el comienzo de una nueva. Debes dejar atrás las cosas de tu niñez.

Randal casi no pudo contener la sonrisa. Se imaginaba a Sir Palamon rezongando ante la idea de que una espada era una "cosa de niños".

La mujer del grupo habló por primera vez. Su mirada era transparente y auténtica, y Randal sintió como si de alguna manera, ella se hubiese dado cuenta de sus pensamientos.

—Existen algunas cosas que debemos explicarte —dijo—. Primero, nunca debes atacar ni defenderte con una espada o una daga ni con ningún arma de caballero. Se le prohibe el uso a los que practican las artes místicas. Y segundo, siempre debes decir la verdad.

"Eso es fácil", pensó Randal.

La mujer se veía apesadumbrada. —No —dijo ella—. No lo es.

Eso estremeció a Randal. "¿Acaso puede oír mis pensamientos?"

—No —dijo la mujer—. No leo tu mente. Cada estudiante tiene los mismos pensamientos cuando acaba de llegar aquí. Considéralo como tu primera lección: no todo es una manifestación de poder.

Con eso, concluyó la entrevista. El mensajero que lo había escoltado hasta arriba para la junta, reapareció y lo condujo hasta afuera del edificio, a un claustro que corría a lo largo de la parte exterior del largo salón. Randal podía oler a comida, aroma que llegaba desde algún lugar superior, y podía oír voces.

Una vez que los dos llegaron al final del claustro, el silencioso guía se detuvo y tiró su capucha hacia atrás. Randal vio un joven sonriente, solo uno o dos años mayor que su primo Walter, el del Castillo de Doun.

—Hola —le dijo el muchacho. Su acento le pareció extraño. No era ni la tonada de Madoc ni los tonos un poco ásperos de Crannach—. Hasta tanto estemos juntos aquí, deberíamos conocernos algo. ¿Quién eres?

—Me llamo Randal.

El joven parecía curioso. —¿Eso es todo?

35

Randal pensó por un minuto. Había decidido ser mago sin consultarle a su familia, y de alguna manera no le parecía justo utilizar su apellido.

–Solo Randal, por ahora –dijo.

El joven asintió un poco sorprendido.

–Soy Pieter, de más allá del sur. –Sonrió e hizo una pequeña reverencia–. Fui aprendiz de la Maestra Pullen antes de partir en mi viaje. Es la mujer que acabas de conocer. Ahora, que has venido para tu prueba de aptitud, me requiere para algunas tareas de vez de en cuando... "Ya que no tomas más clases, y no parece que sigas estudiando, ven a trabajar para mí."

Pieter imitó la voz de la mujer que había interrogado a Randal. La imitación fue tan exacta que Randal no pudo más que reír. Luego, consciente de lo que hacía, se detuvo.

–¡Ah! No te preocupes –dijo Pieter–. Si reír te hace sentir cómodo aquí, ríe.

Pieter lo guió a través del claustro hasta el interior de otro edificio. Subieron una empinada escalera de madera, casi hasta las vigas del cielo raso, tres pisos por sobre el nivel de la calle. El lugar estaba dividido en zonas más pequeñas por cortinas que colgaban de listones.

Desde las ventanas de ese piso, Randal pudo comprobar que la Schola no era, como pensaba, una sola estructura. En cambio, se trataba de un grupo de edificaciones de diferentes tamaños y estilos, conectadas por pasillos, arcadas y edificios más pequeños.

En el centro de la habitación, Pieter se detuvo y llamó:

–¡Oye! ¡Boarin!

–¿Qué deseas? –contestó una voz malhumorada desde atrás de los telones.

Salió una mano que abrió las cortinas y dejó ver una especie de buhardilla formada por una de las ventanas. En ella, estaba sentado un joven recostado sobre el respaldo de una silla de madera, con un gran libro abierto sobre una mesa frente a él. Con el ceño fruncido dijo: –¿No ves que estoy ocupado?

–No cuando te escondes –contestó Pieter–. ¿Acaso crees que soy mago?

Boarin lo miró burlón. –Miles de bufones están buscando amos, y tú me haces bromas gratis. ¿Qué deseas esta vez?

–Una habitación para mi amigo –dijo Pieter–. Te presento a Randal, que acaba de llegar.

–Ubícalo con Gaimar –respondió Boarin–. Esa es la única habitación que aún no tiene tres personas. Ahora, si no tienes otra pregunta seria para mí, debo presentarle una ilusión al Maestro Laerg mañana.

–¿Quién era ese? –preguntó Randal mientras descendían por las escaleras–. ¿Y quién es el Maestro Laerg?

–¿Boarin? –dijo Pieter–. Acaba de rendir sus exámenes. En este momento está trabajando en su obra maestra, que es el truco de magia que le muestras a los maestros para probar que también mereces ser llamado Maestro, y la Schola le da albergue y comida a cambio de la supervisión de los aprendices más jóvenes. En cuanto al Maestro Laerg, ya lo conoces.

Randal recordó la entrevista con los directores. –¿Quién era?

–El rubio del extremo de la mesa –dijo Pieter–, el que estaba sentado tan lejos como podía del Maestro Madoc. Dos de los mejores magos que la Schola ha dado en este siglo, y se unen como agua y aceite... Recuerda mis palabras. No veremos demasiado a tu amigo del norte hasta tanto Laerg continúe enseñando aquí.

Randal sintió cierta aprensión. Contaba con que Madoc estuviera con él los primeros días de su nueva vida. Y de alguna manera, no se veía bien que maestros magos no se pusieran de acuerdo como si fueran un par de barones que discuten por un poste mal ubicado.

Randal se percató de que no sabía nada acerca del comportamiento entre maestros magos. Pieter, de ninguna manera parecía sorprenderse por la frialdad existente entre Madoc y el Maestro Laerg.

Al pie de la escalera, Pieter se detuvo al llegar a una puerta. —Ahora que ya tenemos la habitación, —dijo— a ver si te conseguimos una bata y un libro.

Abrió la puerta y pudo observarse un armario lleno de estantes. En los niveles superiores había pilas de prendas negras bien dobladas; más abajo, Randal vio hileras de libros idénticos con tapa de cuero, bastante gastados ya como para soportar demasiado uso, y lo suficientemente pequeños como para caber en un bolsillo grande. Pieter lo miró de arriba a abajo como midiendo su talle y extrajo una bata de una de las pilas.

—Esta es una bata de aprendiz —dijo mientras se la alcanzaba a Randal—. Póntela sobre tus ropas. De esa forma, todos en Tarnsberg sabrán que estás en la Schola.

Randal deslizó los brazos por las amplias mangas y sintió que la bata caía por sus hombros. Ahora estaba vestido como uno de los estudiantes que había visto en el Grinning Gryphon; y también se preguntaba cuánto tardaría en llevar sus expresiones de preocupación.

Se volvió a Pieter. El joven sostenía uno de los libros.

Randal lo tomó y pasó su pulgar por las rígidas hojas. Salvo por las seis primeras páginas, el libro estaba en blanco.

—Esta vacío —dijo.

—No por mucho tiempo —le comentó Pieter—. Lo completarás tú mismo a medida que vayas aprendiendo. Por ahora, escribe tu nombre en la tapa... Sabes escribir... ¿no es así?... y memoriza el hechizo de la primera página.

—¿Para qué sirve?

—Calma la mente y hace que puedas concentrarte —explicó Pieter—. Una vez que lo hayas practicado, ese es el efecto. Hasta que llega ese momento, tiende a ejercer el efecto contrario. Ahora, acerca de las comidas...

Randal escuchó sin mucha atención el resto de las instrucciones de Pieter: dónde estaba el comedor, cuándo y dónde debía presentarse para la primera clase. "Una vez que lo hayas practicado", había dicho. Parecía como si hubiera algo más que solo contar con el talento y saber las palabras adecuadas.

Pieter concluyó el discurso y le dijo a Randal que se quedaría solo hasta la hora de cenar. Se le ocurrió subir a la habitación que compartiría con el aún desconocido Gaimar, pero en cambio, se dirigió al claustro. La galería corría a lo largo de uno de los lados de un jardín interno con una fuente en el centro; se sentó en el borde de piedra y volvió a mirar el hechizo de la primera página de su libro.

Para su asombro, las palabras no tenían sentido, aun si pronunciaba una sílaba tras otra. Recordó lo que Madoc le había dicho respecto de que la lengua antigua era el lenguaje de los magos, y comenzó a comprender lo que Pieter había querido decir cuando habló de lograr que el hechizo funcionara. "Ni siquiera sé qué dice", pensó. "¿Cómo se supone que haga algo por mí?"

Cerró el libro y se dedicó a observar un par de gordos peces color anaranjado que iban y venían en las aguas de la fuente. "¿En qué me he metido?", se preguntó. "¿Y si el Maestro Crannach y el Maestro Laerg tienen razón, y el trabajo es demasiado duro para mí?" Aún miraba los peces nadar, malhumorado, cuando oyó que alguien se acercaba.

–Eres nuevo aquí, ¿no es así? –dijo una voz alegre–. Siempre acierto.

Randal levantó la vista. –¿Quién eres?

–Soy Nicolas –dijo el recién llegado, un hombre joven de incipiente barba castaña–. Mis amigos me llaman Nick.

–¿Eres maestro, o qué?

Nick rió. –Casi. Solo soy un aprendiz, como el resto de ustedes.

Randal se sintió avergonzado; debería haber reconocido la bata negra, la misma que su nueva vestimenta. Pero el hombre joven no se sintió insultado, por lo que continuó y le preguntó: –¿Vives aquí?

Nick negó con la cabeza. –Tengo mi propia habitación en el pueblo. La mayoría de los aprendices avanzados la tiene. No es tan populosa y la comida es mejor.

Randal parpadeó. –¿Aquí todos se quejan por todo?

–Bueno –dijo Nick–, ayuda a pasar el tiempo. Después de estar aquí durante unos meses, serás como el resto de nosotros.

–Supongo que sí –dijo Randal. Volvió a mirar a Nick. Pensó que debía ser mayor que Pieter o Boarin, no mucho más joven que el Maestro Laerg, que se encontraba entre los directores esa mañana–. ¿Cuánto tiempo hace que estás aquí?

–Ya voy por el octavo año –dijo Nick.

El corazón de Randal se aceleró. –¿Tanto tiempo se tarda?

–No –respondió Nick– a mí me llevó todo ese tiempo. –El viejo aprendiz arrojó una piedrita en la fuente y continuó:
–Me agrada este lugar, por eso alargo mi partida todo lo que puedo. Mientras tanto, tengo mi propia habitación, arriba de la tienda de un carpintero. Me permite quedarme a cambio de ayuda. Cuido la carpintería cuando sale a comprar madera, por ejemplo, y le digo si va a llover o no.

Randal le lanzó una mirada inquisidora, y Nick se apuró a explicar: –No puedes ser aprendiz sin haber aprendido *algo*. Tengo el récord de aprendiz en la historia de la Schola.

–¿Cuál fue el más breve? –preguntó Randal con curiosidad.

–Dos años –dijo Nick–. Fue el Maestro Laerg, por supuesto.

–Por supuesto –repitió Randal, pensando en el joven mago de cabello rubio–. Todos dicen que es bueno.

–Es brillante –dijo Nick–. Nunca llegaré a ser como él. Ninguno lo será jamás, tampoco. Pero no hablemos de eso. ¿Nadie se ha molestado en explicarte cómo funciona este lugar?

Randal negó con la cabeza. –El Maestro Madoc y Pieter me dijeron algo, pero no mucho.

El aprendiz mayor se sentó a su lado en el borde de la fuente. –Entonces, déjame decirte de qué se trata la Schola –dijo–. Los dos primeros años los pasas asistiendo a clase y aprendiendo los fundamentos. Después de ese tiempo, debes presentar los exámenes de segundo año. Una vez que los apruebas, estás preparado para estudiar con uno de los maestros principales, Pullen, por ejemplo, o Laerg. Pero la parte más difícil es cuando terminan tus días de aprendiz. Entonces, debes salir de viaje y tomar tu propio camino en favor de la magia hasta que te encuentres preparado para rendir los exámenes y presentar tu obra maestra a los directores.

Nick arrojó otra piedrita en la fuente. El pez regordete se dio a la fuga en la escasa profundidad.

—Muchos dejan en ese momento —dijo—. El reino está demasiado convulsionado en estos días como para viajar seguro; en especial, cuando no se llevan armas y no se sabe demasiada magia. Algunos pocos de los que no dejan, nunca regresan.

El viejo aprendiz se tornó un poco triste al final. Randal, al escuchar, recordó lo que Madoc le había dicho en el Castillo de Doun: "Tal vez sobrevivas a todo ello y llegues a viejo, sabio y canoso... pero si lo haces, la mayoría de tus amigos ya se habrá muerto tiempo atrás."

Pero el velo de tristeza desapareció del rostro de Nicolas tan pronto como llegó. Se incorporó y le sonrió. —No debes preocuparte por eso aún —le dijo—. Los estudios te tendrán lo suficientemente ocupado.

IV
Aprendices de mago

Randal pasó el resto del día intentando memorizar el hechizo para lograr la concentración. Probaba repitiéndose a sí mismo que al fin estaba trabajando con magia, pero en su interior, sabía que nada pasaría si intentaba realizar un hechizo en vez de solamente recitar las palabras. Las sílabas permanecían en el aire como un peso muerto, y no sentía la tensión que le había erizado la piel cuando Madoc hizo la demostración de magia en el Castillo de Doun.

Al anochecer, podía decir las palabras del hechizo sin leer, pero nada más que eso. Comprendía ahora por qué los alumnos de Crannach en Grinning Gryphon habían estado la mayor parte del tiempo preocupados, y comenzaba a entender por qué la queja parecía ser el entretenimiento principal de todo aprendiz de mago y de mago itinerante que hasta ahora conocía. "Pero todavía no comprendo por qué los maestros se lo permiten", pensó.

Sin embargo, un comentario que Lord Alyen o Sir Palamon hubiesen definido como impertinente en la Schola, como el inicio de una hora o más de acalorada discusión y polémica, de la forma en que Randal pronto advirtió, era la comida y la bebida de los maestros del arte. De la manera en que surgió, la primera comida de Randal en el comedor, que se trataba de un largo salón donde los alumnos comían todos juntos, también le demostró el amor que los magos tenían por la controversia.

La comida propiamente dicha era normal y poco tentadora: pan negro, guiso de lentejas y verduras hervidas. Randal comió su porción sin quejarse. Creía que era desatento de su parte criticar la cocina al ser un recién llegado. No obstante, otro alumno no fue tan indirecto.

–Guiso, guiso y más guiso –murmuraba el joven mientras cargaba la cuchara con lentejas–. Somos el poder del mundo y su gloria, y ni siquiera podemos conjurar una comida decente.

El maestro a la cabecera de la mesa, cuyo nombre, según Pieter, era Tarn, oyó el comentario del aprendiz o, más probablemente, su tono de desagrado. –Te preguntarás por qué no podemos tomar hojas y gusanos y transformarlos en raros manjares, ¿no es verdad? Analicemos el tema. ¿Supones que deba hacer esto?

El mago cerró los ojos y murmuró un breve hechizo. El recipiente de verduras del centro de la mesa se convirtió en un pavo asado sobre una fuente de plata.

–Ahora –le dijo al aprendiz que se había quejado–, ¿por qué supones que no lo hacemos todos los días?

El joven lo miró como si deseara no haber abierto la boca.
–¿Porque desean enseñarnos que seamos humildes? –arriesgó después de un instante.

El Maestro Tarn suspiró. –Podría ser, pero no. ¿Alguien más quisiera responder?

Nadie contestó.

–¡Vamos! Alguien debe de tener alguna idea. –El Maestro Tarn señaló a Randal–. ¿Por qué no producir banquetes con magia?

Randal sintió que los ojos de todos los de la mesa estaban clavados en él. No se esperaba encontrarse en semejante aprieto antes de que aún pudiera pronunciar el primer hechizo. Al fin, se le ocurrió una respuesta que parecía demasiado obvia como para considerarla: –Porque en realidad, el banquete no se encuentra allí.

El Maestro Tarn lo miró sorprendido. –Debo reconocer que es una aproximación del concepto. Un plato de verdura, sin importar cómo se vea, es siempre un plato de verdura. –Señaló el ave asada–. Como siempre sucede, lo que tenemos aquí sigue siendo materia vegetal. Ni mejor ni peor de lo que era antes.

A Randal se le hacía agua la boca. Podía ver la delicada carne dorada a la parrilla y oler su riquísimo aroma, pero no se atrevió a tocarla.

–Podrías comer –dijo el mago, como si Randal hubiese hablado en voz alta–, y creer que te lo has comido, pero no puede engañarse al cuerpo. Esto sucede porque lo que ven ante ustedes es una ilusión, que se representa en la mente.

Uno de los maestros de una mesa cercana se dio vuelta y dijo en voz alta: –Palabrerías. Lo que dices no tiene sentido. Las ilusiones no se representan en la mente más de lo que lo hace un espejismo. Las ilusiones afectan el aire, de manera que uno ve lo que no existe.

El Maestro Tarn se apartó de los alumnos para dirigirse al otro mago. –Te digo que las ilusiones son como soñar despierto.

–Para nada –dijo el segundo maestro–. Criaturas sin mente reaccionan ante ilusiones bien producidas.

–Muéstrame una criatura sin mente –lo desafió el Maestro Tarn–. Hasta los perros corren dormidos mientras sueñan.

Ya habían olvidado la cuestión inicial y la discusión crecía entre los maestros. Los demás maestros de las mesas restantes comenzaron a dar sugerencias útiles. Después de unos instantes, la ilusión se desvaneció, y el plato de verdura volvió a aparecer.

–¿Este tipo de cosas ocurre con frecuencia? –le preguntó Randal a su silencioso compañero, quien había vuelto a comer del recipiente de lentejas que había iniciado la discusión.

El aprendiz negó con la cabeza. –No más que una vez por semana. Nadie sabe bien cómo funcionan las ilusiones, y nadie conoce la forma de probar una de las teorías, por eso a veces las cosas se ponen tensas.

Del otro lado de la mesa, un muchacho delgado y moreno de aproximadamente la misma edad que Randal, se reía disimuladamente. Randal lo miró. El muchacho vestía una bata de aprendiz de fina tela negra, y las prendas que se veían por debajo parecían costosas y de buena confección.

–¿Qué te divierte tanto? –quiso saber Randal.

El muchacho meneó la cabeza y dijo: –Ustedes se toman las cosas tan en serio...

"Ustedes." A Randal no le agradó el tono. Sintió que la temperatura le subía en las orejas.

–¿Qué quieres decir? –le preguntó lo más calmo que pudo.

El muchacho le sonrió con condescendencia. –Escuchan a Tarn y a Issen como si la forma en que el hechizo funciona hiciera alguna diferencia.

–Pero creo que lo hace. –Randal volvió a su plato de lentejas e intentó traducir en palabras un nuevo pensamiento que le era poco familiar. "Si uno produce una ilusión con un hechizo y afecta la mente de otra persona... ¿no es lo mismo que decirle una mentira?"

El otro muchacho agitó la cabeza. –Increíble... Ni siquiera has estado aquí un día y ya eres como el resto.

A Randal no se le ocurrió nada como respuesta a eso. En cambio, terminó su pan y las lentejas en silencio mientras que en el comedor hacían eco las discusiones de los maestros y de los aprendices superiores.

Después de la cena, volvió a la pequeña habitación que Boarin le había asignado. Cuando entró, no le agradó para nada encontrarse con el muchacho desagradable del comedor sentado en la única silla del lugar. El muchacho tenía los pies calzados en botas apoyados sobre el alféizar de la ventana.

–¿Qué haces aquí? –le preguntó Randal.

–Podría preguntarte lo mismo –dijo el muchacho mientras se ponía de pie–. Vivo aquí. Gaimar, para servirte.

–Bueno, yo también vivo aquí –dijo Randal–. Boarin me puso aquí contigo.

Gaimar se veía irritado. –¡Ah...! ¿Sí? Eso explica por qué hay un montón de cosas apiladas en mi habitación.

–*Nuestra* habitación –dijo Randal. Nunca pensó que un abrigo de lana y un bastón que había tallado él mismo por el camino pudieran ser "un montón de cosas", pero su primer día en la Schola probablemente no fuera el mejor momento para ponerse a discutir sobre ello.

El muchacho se encogió de hombros. "Como quieras. Espero que no seas de esos que trabajan todo el día y estudian toda la noche. Si lo eres, por favor, no me despiertes hablándome de ello.

–No lo haré –dijo Randal brevemente.

El muchacho le disgustaba enormemente, aun casi sin conocerlo, y su desagrado no disminuyó en los días y semanas siguientes. Gaimar perdía todas las clases a las que debía asistir, y solo parecía mofarse de los maestros que le enseñaban, pero aprendía cada hechizo nuevo con una facilidad casi inusual. Tampoco a Gaimar le preocupaban las dificultades que tenía Randal con la lectura y la escritura. El ex escudero aún luchaba con el idioma de Brecelande. La necesidad de aprender la lengua antigua casi al mismo tiempo, hacía que se fuera a la cama, noche tras noche, con la vista cansada y dolor de cabeza.

Desesperado, Randal al fin intentó ordenar las palabras nuevas en listas y las recitaba en voz alta, a diferencia de Gaimar, que podía leer de corrido y en silencio en ambos idiomas, y que lo acusó de distraerlo, por lo que después lo echó de la habitación que compartían.

Randal caminó cabizbajo por los dormitorios, con su lista de palabras en la mano. Se detuvo por unos instantes indeciso en el claustro mientras intentaba determinar dónde iría luego, y después se dirigió a la biblioteca. A mitad de las anchas escalinatas de madera con grotescos tallados, se encontró con Nicolas que bajaba.

—Espero que no tengas planeado ir a la biblioteca —le dijo el otro aprendiz—. Está cerrada ahora. Los Directores están tomando examen de maestro a un mago itinerante, por lo que el resto de nosotros deberá irse a otro lado.

Randal suspiró. —¿Quién es el candidato? ¿Tiene alguna posibilidad?

—Es Boarin —dijo Nick—. Y te diré que no tiene por qué preocuparse. Por la tarde podremos llamarlo Maestro Boarin. Por el momento, el comedor estará repleto de principiantes que intentan estudiar, y no podrás escuchar ni tus propios pensamientos. ¿Por qué no trabajas en mi casa?

Un poco más tarde, Randal se encontraba en el ático de la tienda de un carpintero en las las afueras de Tarnsberg. Algunas prendas pendían de perchas colgadas en la pared, una jarra de peltre y un jarro del mismo juego descansaban sobre una mesa desvencijada, y un laúd colgaba sobre la cabecera de la cama estrecha. Libros, pergaminos e instrumentos de magia llenaban el resto del pequeño lugar, inundando estantes, la cama y la única silla.

—Bienvenido a mi humilde morada —dijo Nick—. Recuerdo cómo fue mi primer año en la Schola. Por eso, si alguna vez necesitas alejarte por algunas horas, ven aquí. Le diré al viejo John Carpenter que eres un buen muchacho, y te permitirá entrar si no llego a estar.

—Gracias —dijo Randal. Después de unos instantes, agregó: —Tú que has estado en la Schola por algún tiempo... ¿conoces a Gaimar?

Nick hizo una mueca. —¿Ya lo has conocido?

Randal asintió. —Vivo con él. Y no creo que le caiga demasiado bien.

A Gaimar no le agrada nadie —le dijo Nick—. Es el hijo menor de un lord del este de algún lugar, y a su familia le seduce la idea de contar con un mago entre ellos. Tiene el talento y el temperamento necesarios, por ello pagan su habitación y su comida en la Schola y le envían dinero para que viva... pero lo que en realidad desea, es ser barón como su padre.

—Qué gracioso —dijo Randal—. Esa es la razón por la que me fui de casa.

—Eso creí —dijo Nicolas—, y Gaimar probablemente lo sabía en cuanto te vio por primera vez. Por eso no le agradas.

—¿Y qué debo hacer?

—Ignóralo —le aconsejó Nicolas—. Lo más que puedas.
Randal suspiró. —Supongo que podría servir de práctica para mantener la concentración. —Desenrolló el pergamino con la lista de palabras, y comenzó a leer en voz alta. —*Fors, fortis, fortem...*

Con el ático de Nick como refugio, Randal lentamente comenzó a aprender el complicado vocabulario y la gramática del idioma de los magos. Pero Pieter ya se lo había predicho el primer día: no se trataba solamente de saber las palabras sino de trabajar con la magia.

Un día, varios meses después de la llegada de Randal a Tarnsberg, el muchacho se sentó a una mesa en una de las habitaciones del piso superior de la Schola. Junto a él, estaban reunidos sus compañeros de clase; todos aprendices que habían ingresado durante el último año. El Maestro Tarn daba la clase —una lección sobre cómo encender velas. Una vela, ya encendida, se consumía en un candelabro alto de varios brazos al lado del atril. En el centro se encontraba una canasta con velas nuevas y cada alumno tenía un candelabro de madera delante de su lugar.

El maestro mago estaba de pie frente a sus alumnos y supervisaba las mesas llenas de estudiantes: —¿Para qué encender una vela? —preguntó Tarn. Nadie dijo nada, y continuó—: Más importante aún, ¿para qué utilizar la magia para una cosa tan simple?

Tomó una vela nueva y la elevó hasta ponerla en contacto con el pabilo de la vela encendida al lado del atril. El pabilo de la primera vela se encendió y Tarn la colocó en uno de los brazos libres del candelabro. —Tú —le dijo a uno de los alumnos—, no necesitas tomar nota de esta parte. Ya les diré qué deben anotar. Por ahora, solo observen lo que hago.

El aprendiz se sintió avergonzado. Randal cerró su libro lo más silenciosamente que pudo... Él también estaba a punto de escribir los comentarios del maestro.

Tarn prosiguió. –Las razones por las que debemos aprender a encender una vela son tres. Primero, enseña control. Debemos apuntar el efecto con cuidado. Segundo, enseña técnica. Si no se pronuncia el hechizo correctamente, lo sabrán de inmediato. La vela no se encenderá. Tercero, y más evidente, saber cómo encender una vela sin ayuda física a veces puede resultar útil.

El maestro hizo una pausa. Cuando tuvo toda la atención de los aprendices, continuó: –Una cosa más. Hasta que no hayan desarrollado satisfactoriamente esta técnica, *no* practiquen este hechizo en edificaciones de madera sin un maestro cerca de ustedes. Ahora, comencemos.

Randal tomó una vela de la canasta del centro de la mesa y la colocó en el candelabro frente a él. Observó por un momento el cilindro de cera mientras repasaba mentalmente las frases del hechizo para encender velas.

Luego de una práctica suficiente, al menos eso le dijeron, recitar las frases y hacer los gestos se tornaban innecesarios para un hechizo menor como ese. Randal estaba lejos de ese nivel, pero una de las aprendices más adelantadas ya había podido encender su vela. Para mandarse la parte, apagó la llama con un pequeño viento mágico, y luego la volvió a encender por segunda vez. No obstante, su aire de satisfacción no duró mucho. El Maestro Tarn había advertido su esfuerzo, y la puso a trabajar en una serie de hechizos más difíciles aún. Por último, debía hacer que la llama se volviera verde oscura, lo que le dejó una expresión de frustración al querer duplicar el efecto.

Mientras tanto, Randal miraba fijamente el pabilo frío de su vela. Nada ocurría. Repitió el hechizo. Nada. Miró a su alrededor. Todos los demás, hasta los aprendices que habían ingresado a la Schola mucho después que él, habían logrado completar el ejercicio y estaban sentados observando sus velas encendidas.

Randal escuchó pasos que se acercaban. Giró y vio al Maestro Tarn que lo miraba. –¿Cuál es el problema aquí, Randal? –preguntó el mago–. Encender una vela es uno de los hechizos más simples que existen.

–Parece que no puedo hacerlo, Maestro Tarn –admitió Randal en voz baja.

–Dime las palabras que utilizas.

Randal le recitó la frase. El maestro escuchó con atención y luego dijo: –Tal como lo pensaba. Te has olvidado de una palabra. Y tu pronunciación es... inusual. Inténtalo nuevamente, y esta vez, articula las palabras.

Randal volvió a intentarlo. Nada ocurrió.

–¿Estudias lo suficiente tus lecciones de lengua antigua? –le preguntó el Maestro Tarn. Antes de que Randal pudiera responderle, prosiguió: –Dile al Maestro Boarin que te inscriba en clases de apoyo. Bien que las necesitas.

Randal se preguntaba si le daría el tiempo. A pesar de las lecciones de Madoc durante el viaje, Boarin ya le había asignado trabajo adicional en escritura, lectura y teoría. Pero sabía que no servía de nada quejarse: dormir y comer aparentemente no tenían demasiada importancia en la Schola, al menos para los aprendices. –Sí, Maestro –aceptó con resignación.

–Ahora, inténtalo otra vez –le dijo el Maestro Tarn.

Randal repasó el hechizo nuevamente –las palabras, los

gestos, los pensamientos. Se concentró en la vela. Durante un largo minuto, no ocurrió nada. Luego, la vela se quebró por la mitad y cayó. El centro se había derretido.

–Al menos produjiste un poco de calor esta vez –comentó el Maestro Tarn. Observó la vela caída con una expresión de arrogancia–. Recuerda que solo un candidato entre diez de los que vienen a Tarnsberg es aceptado como aprendiz. Y entre esos, solo uno entre diez continúa hasta llegar a mago itinerante. Algo para que vayas reflexionando.

El maestro se dirigió al frente del aula. –La clase de hoy terminó –les dijo a los aprendices–. Nos volvemos a encontrar la próxima semana a la misma hora.

Randal comenzó a recoger sus materiales. –No –le dijo Tarn–. Quédate. Y practica hasta que lo hayas logrado.

Randal pensó que iba a morirse de vergüenza. Pero en cambio asintió sin mirar a ninguno de sus compañeros y se puso a trabajar en la luz de la vela.

V
Revuelo

Cada mañana, llegaban barcos pesqueros a la bahía de Tarnsberg. Un día de otoño, Randal se detuvo a mirar a través de la ventana alta de los dormitorios y observó las velas triangulares que se tornaban rojas por la luz del sol al aparecer por las colinas detrás de la ciudad.

El sol que salía irradiaba una luz rosada sobre la página del libro de notas con tapa de cuero sobre el que Randal había trabajado la noche anterior hasta que Gaimar le ordenó que apagara la vela y se fuera a dormir. Su escritura había mejorado con el transcurso de los meses que había pasado en la Schola, que fue casi todo un año, pero la letra seguía casi ilegible, y las primeras páginas del libro eran un verdadero desastre.

Hasta ese momento, Randal había completado casi la mitad del libro con las reflexiones y comentarios de unos seis maestros, más una colección de hechizos y encantos menores. Aun así, la mayoría del tiempo, hasta los trucos más simples lo eludían, y no creía comprender la magia mucho más de lo que entendía cuando recién llegó.

"Estaré aquí el doble de tiempo que Nicolas, sin poder siquiera aprender la mitad de lo que sabe", pensó Randal mientras se vestía.

Durante el año anterior, la vieja ropa que había traído del

Castillo de Doun le quedó corta de mangas y demasiado ajustada en los hombros, y por ello, la intercambió en la Schola por otra. Su nueva ropa, que probablemente era de otra persona a la que también le había quedado chica, le quedaba un poco holgada, y también estaba un poco raída, pero lo abrigaba y le era útil. Randal se ajustó el cinturón y se acomodó la bata de aprendiz sobre los hombros, confiando en que la túnica le cubriera la mayoría de parches de la ropa.

Afuera, en el puerto, los pescadores recogían las velas y secaban las redes. En las calles de la ciudad, el bullicio de los campesinos que iban al mercado acababa de comenzar. Randal se detuvo en la ventana por un instante, y se preguntó cómo estarían las cosas en el Castillo de Doun y cómo habría tomado Lord Alyen su abrupta partida.

"Ya ha pasado más de un año", pensó. "Y nadie trajo ningún mensaje ni enviado a alguien a preguntar por mí. ¿La Schola no le comunicó a nadie que yo estaba aquí?"

Se preguntó que habrían pensado los muchachos en Doun sobre su partida, y lo que le habrían dicho a su familia. "¿Me nombrarán de vez en cuando, o se habrán olvidado de mí?"

Con un suspiro, Randal se alejó de la ventana. Tomó una hoja de papel que estaba sobre la mesa sujeta con una pequeña roca de cristal que utilizaba sin demasiado éxito para concentrarse y memorizar los hechizos. La noche anterior, después de la cena, Gaimar le había dado una nota con una expresión de satisfacción maliciosa; la mayoría de la concentración de Randal del resto del día la había dedicado a disimular todo el temor que esa nota le había hecho sentir.

"Por la mañana", leyó, "estaré libre. Arréglatelas para encontrarme, entonces: tus estudios no prosperan de una manera satisfactoria. Boarin."

Al principio, Randal pensó en buscar a Nick para que lo aconsejara. Alguien que se jacta de ser el aprendiz con mayor tiempo en la Schola seguramente debe de estar familiarizado con mensajes como ese.

O tal vez no. Siempre que lo necesitaba, Nick podía hacer los hechizos sin error. Tenía un talento natural. Pero ahora, Randal estaba seguro de que no haría tal cosa. Todo fruto fue obtenido con un gran esfuerzo, y esos frutos eran demasiado pocos y demasiado pequeños como para garantizar demasiado bienestar. Hasta Gaimar, que consideraba la magia y la Schola con el mismo desdén, podía hacer las cosas mejor.

Randal miró molesto a su compañero de habitación, ya que aún roncaba en la otra cama, y luego, dejó los dormitorios. "Si Boarin está despierto," pensó, "podría terminar con esto."

Lo encontró solo en el comedor. Tomaba el desayuno. El joven maestro probablemente se había hecho cargo de los hechizos que encendían el fuego de la cocina y que de otra forma iniciaba la actividad culinaria de la Schola. Randal recordó la cocinera y las sirvientas de cocina del Castillo de Doun que trabajaban todos los días desde antes del amanecer.

Boarin levantó la vista y Randal entró. –He querido hablar contigo –dijo el joven maestro–. Siéntate.

Randal tomó asiento. Estando tan cerca de la cocina del comedor, podía oler el rico aroma de cereal sazonado con frutas secas y miel –el desayuno de ese día, sería bastante bueno, para cambiar. Pero el mensaje de Boarin le destruyó el apetito que tenía.

–Anoche me dieron tu nota –dijo Randal.

–Al menos no postergas las cosas –dijo Boarin–. Eso es bueno. –El joven maestro apartó el resto del desayuno y juntó las manos sobre la mesa–. Randal, me caes bien. Le agradas a casi todo el mundo. Pero eso no es suficiente. No has progresado demasiado.

Randal asintió nuevamente. "Supongo que este es el momento en que me echan", pensó mientras cerraba los puños con fuerza por debajo de la mesa. Con esfuerzo, intentó que la voz no se le quebrara. –Sí, señor. Ya lo sé.

Boarin se compadeció. –Y sabemos que en realidad no es completamente por tu culpa que tu preparación es tan pobre, pero eso ahora no nos sirve de nada. Eres uno de los alumnos becados, y eso significa que no pagas nada. Los exámenes de inicio de segundo año llegarán pronto, y si no los puedes aprobar, tendrás que irte. No es muy justo cuando los alumnos que pagan pueden ir a clase por el tiempo que les dura el dinero, pero así es como el mundo funciona.

–Ya comprendo –dijo Randal–. Pero ¿qué puedo hacer?

El joven maestro meneó la cabeza. –No lo sé. Practica todo lo que puedas, trabaja en el control y en la técnica. Tienes un talento natural considerable, Randal, y no queremos perderte porque no los puedas manejar.

Confundido y deprimido, Randal dejó el comedor y salió a las calles de Tarnsberg. "Entonces, tengo un talento natural", pensó y se sonrió sin humor. "¿De qué me sirve eso si no puedo aprender a utilizarlo?"

No estaba seguro de adónde quería ir. No tenía clase hasta la décima hora, y regresar a los dormitorios significaba tener que soportar la irritante presencia de Gaimar. Por un rato, caminó sin sentido por las calles. Hasta que finalmente se dirigió al barrio de los carpinteros del pueblo, deseando encontrar a Nicolas en casa. "Tal vez sepa qué debo hacer."

–¡Detente!

Un grito a la distancia lo distrajo de sus pensamientos. Se detuvo y miró a su alrededor. Edificios altos, algunos de hasta tres pisos, lo rodeaban por todos lados y le obstruían la visión y una posible vía de escape. Luego, se relajó un poco. Estaba solo en la calle, y el grito provenía de demasiado lejos como para que estuviera dirigido a él.

–¡Detente! –el grito, nuevamente–. ¡Detente, ladrón!

Entonces Randal comprendió. Alguien había iniciado una revuelta en el mercado. Ahora todos los ciudadanos al alcance del grito dejarían su trabajo y perseguirían al malhechor por calles, callejones y pasajes. La captura a cargo de las masas podría ser brutal, y el ladrón necesitaría ser muy veloz para escapar.

Hasta Randal se detuvo y oyó que la multitud venía enfurecida en su misma dirección. Las voces sonaban pavorosas. No era el tipo de situación en la que quería meterse un día como ese. "Si corro", pensó, "creerán que soy el que buscan. Mejor me aparto del paso."

Retrocedió unos pasos hasta un hueco conveniente entre dos edificios que formaban espacio suficiente como para ocultar solo a un aprendiz de mago y un barril vacío.

La multitud se oía cada vez más cerca junto con los gritos de "¡Detente! ¡Detente, ladrón!"

Randal hizo una mueca. Había vivido en la ciudad por casi un año ya, lo suficiente como para saber que hasta las personas que no conocían ni a las que no les importaba que se hubiera cometido un robo, formarían parte de la búsqueda.

"Cualquier cosa sirve para entretenerse", pensó con disgusto. "En especial, con alguna posibilidad de ver sangre al final."

Después, sobre el bullicio de la muchedumbre que se acercaba, Randal se percató del sonido de alguien que corría. Antes de que pudiera moverse, una figura pequeña y desaliñada se filtró por el hueco. La ladrona, con una pieza de pan fresco bajo el brazo, lo miró desde la pared del final del callejón.

El aprendiz de mago vio un rostro delgado con grandes ojos azules. Luego, la fugitiva jadeó: −¡No dejes que me atrapen!

Randal retrocedió hasta la calle y observó en dirección al mercado. Por cierto, la multitud se acercaba por la calle. Randal advirtió con temor que hasta el más pequeño era más corpulento que la que le pedía ayuda.

Los que encabezaban la horda se precipitaron hasta donde estaba Randal.

−¡Ey! ¡Tú, pequeño mago! −le gritó un tipo fornido que Randal reconoció como Osewold Baker, un hombre que atendía una panadería cerca de la Schola. −¿Has visto un niño por aquí?

Randal negó con la cabeza. −No, lo lamento. No vi a ningún niño venir en esta dirección.

El panadero rezongó: −Bueno, no es el único que buscamos. Debe haberse ido por otro lado. −Osewold volvió hacia la multitud y gritó−: ¡Lo habremos perdido en Pudding Lane!

Volvieron sobre sus pasos. La horda aún vociferaba "¡Detente!" y "¡Ladrón!". Regresaron y continuaron la búsqueda.

Cuando al fin se fueron, Randal regresó al barril. Introdujo la mano y tomó la túnica para sacar a la fugitiva de su escondite: algunos harapos en un cuerpo que se sentía puro hueso.

Randal se colocó entre el barril y la boca del callejón sin salida. Aún con la fugitiva tomada por el hombro, la miró de arriba a abajo.

—Bueno, —dijo lentamente— tienes suerte. ¿Verdad? Si me hubiesen preguntado "¿Has visto una ladrona por aquí?", hubiese tenido que decir que sí.

La fugitiva no parecía demasiado agradecida. —¿Y? ¿Por qué no lo hiciste?

—Porque puedo ver que no eres un...

Pero Randal no tuvo oportunidad de terminar la frase. La supuesta ladrona se liberó e intentó huir por la calle. Randal estiró el brazo y volvió a atraparla por la túnica sucia y rasgada.

—Porque, como te decía, puedo ver que no eres un niño —finalizó Randal sin dejar de sujetarla con más fuerza esta vez.

La muchacha, sucia, mal alimentada y no mayor que Randal, solo dijo: —Tienes mejor vista que ese tonto del panadero.

—Tonto o no —dijo Randal—, Osewold tuvo buena vista para ver que te robabas su pan. No fue una idea feliz en un pueblo donde cualquier mago itinerante puede crear un hechizo de protección.

La muchacha se encogió de hombros. —Tenía hambre.

—Con hambre o sin él, ya no puedes ir por ahí con esa ropa. Si alguien te reconoce, reunirán a la muchedumbre nuevamente y te destrozarán —le aconsejó Randal.

—No hay solución para eso. Esto es todo lo que tengo.

Randal se detuvo a pensar por un momento. No intentaba hacerse responsable de una ladronzuela sin experiencia y medio muerta de hambre, pero tampoco tenía coraje de llevarla ante la justicia de la horda.

Suspiró. "Todo tiene su consecuencia, como diría el Maestro Tarn."

–Ven conmigo –le dijo–. Conozco un lugar aquí cerca donde estarás a salvo y... donde también podrás comer.

Al rato, estaban en la habitación de Nicolas arriba de la tienda del carpintero. Nick estaba sentado en la cama, intentado afinar el laúd, y Randal se sentó en el piso de madera con las piernas cruzadas. La muchacha se sentó en la única silla, comiendo desesperada la pieza de pan robado, que sostenía en una mano. En la otra, tenía un trozo de queso que Nicolas le había sacado a la esposa del carpintero.

Mientras Randal la observaba, la muchacha mordía una enorme media luna del queso, la masticaba poco y tragaba. Luego, tiraba con los dientes otro bocado de pan.

–Si comes tan rápidamente, te sentirás mal –le aconsejó Randal.

La muchacha asintió pero continuó masticando.

–Mi nombre es Randal –dijo después de un momento–. Y él es Nicolas.

La joven bebió un sorbo de agua del vaso que Nick le llenó de la jarra de la mesa. Lo tragó y luego, señalándose a sí misma, dijo: –Lys.

Antes de que la conversación llegara más lejos, tomó otro bocado de pan, otro de queso, y comenzó a masticar nuevamente. Recién cuando hubo terminado todo, se detuvo y se recostó sobre el respaldo de la silla con un suspiro de satisfacción. –Gracias –dijo–. Es la primera comida decente que he tenido en muchos días.

Su voz, ahora que ya no tenía miedo ni desconfianza, se

oía clara y dulce, y hablaba el idioma de Brecelande con un acento poco familiar, aunque agradable.

Randal la observó con curiosidad. —¿De dónde vienes? —le preguntó—. Está claro que no eres de por aquí.

—Soy de las Tierras del sur —dijo—. Occitania, Vendalusia, Meridocque...

—¿De cuál? —le preguntó Nicolas. El aprendiz de barba castaña continuaba afinando las cuerdas del laúd mientras hablaba.

—De todos —dijo Lys— o de ninguno. Puedes elegir. —Inclinó la cabeza a un lado como poniendo atención a Nicolas que pulsaba otro par de cuerdas.

—Si llego a los sesenta, habré estado cuarenta años intentando afinar esta cosa —dijo Nick.

Lys estiró su brazo para que le diera el instrumento. —Nunca lograrás hacerlo de esa manera —le dijo—. Alcánzamelo.

Nicolas se lo dio y los dos aprendices se sentaron a escuchar por unos minutos cómo las finas y sucias manos de la joven volvían a poner en orden las cuerdas desafinadas.

Una vez concluida la tarea, levantó la vista del instrumento y dijo: —¿Los magos no tienen trucos para cosas como esta?

—Somos solo aprendices —se justificó Randal.

Nicolas asintió dándole la razón. —Además, hasta los maestros de la Schola no aceptan utilizar la magia para afinar un instrumento.

—¿Por qué no? —quiso saber Lys.

—Bueno, el solo hecho de afinar un laúd es fácil... al menos para algunos... pero luego debes mantenerlo así —explicó Nick—. Nada puede cambiar en la caja ni en las cuerdas ni en las clavijas, de lo contrario, las notas variarán otra vez. Y detener un cambio significa detener el tiempo.

—Pero no puede hacerse música sin tiempo —protestó Lys—. Es imposible.

—Exacto —dijo Nick. El aprendiz mayor quedó pensativo—. He oído que solo duendes y demonios, que viven en dimensiones fuera del tiempo, han logrado descifrar el arte de fabricar instrumentos que nunca se desafinan.

—Como las espadas de los duendes —dijo Randal—. Nunca se oxidan ni pierden el filo.

—Eso son solo historias —dijo Lys con una sonrisa burlona—. La vida real es diferente.

Antes de que los dos aprendices pudieran responder, la joven comenzó a tocar una melodía en el laúd. Luego, cantó en voz de alto:

"Su falda era de seda verde como el césped;
Su fino manto era escarlata;
De cada traba de las crines de su caballo
Pendían cincuenta y nueve campanas."

Randal conocía la canción del gran salón del Castillo de Doun. Aunque esta vez, la historia del hombre mortal que había escapado con la Reina de Duendeland para desposarla no parecía mágica, sino triste. Cuando se desvanecieron las últimas notas en la desprolija habitación del ático, Randal pestañeaba con lágrimas en los ojos, y Nicolas la miraba con respeto evidente.

—Por el sol, la luna y todas las estrellas —dijo el aprendiz barbudo—, si eres capaz de hacer música como esa, ¿qué hacías robando pan de la panadería de Osewold?

—Tenía hambre —repitió como en el callejón—. Afuera, en el campo, podía cantar para comer, pero mi suerte se esfumó cuando llegué a Tarnsberg.

–¿Viniste por tus propios medios desde las Tierras del sur? –preguntó Randal.

Lys agitó la cabeza. –Estaba con una familia... Éramos todos músicos, todo un grupo de artistas. Podíamos hacer lo que el público nos pidiese: cantar, bailar, y hasta dramatizar. Y nos solían pagar buen dinero por vernos actuar. Cobre, plata... y oro, una vez, en la boda de un duque. Luego, nos enteramos de que hacía más de veinte años que no había grupos que actuaran en Brecelande, por eso nos decidimos a venir hacia el norte e intentar con el público de aquí.

Pasó la mano por las cuerdas del laúd en un áspero acorte disonante. –A los dos meses de estar de este lado de la frontera de Occitania, unos bandidos atacaron nuestro campamento. Yo había ido a comprar una docena de huevos a una granja camino abajo; cuando regresé, todos habían muerto.

Hizo una pausa y sus brillantes ojos azules se oscurecieron mientras recordaba la escena. Después, se deshizo de sus recuerdos y continuó diciendo: –Los bandidos se habían llevado todo, hasta el vestuario. No dejaron nada.

–Lo lamento –dijo Randal finalmente, aunque sabía que las palabras no servían de mucho–. Ojalá...

–Mejor que decir, es hacer –dijo Nicolas con rapidez–. Te diré qué haremos, señorita Lys, te prestaré el laúd por el tiempo que te quedes en Tarnsberg. Puedes hablar con la esposa del carpintero para que te permita tomar un baño y te provea de alguna ropa limpia sin problemas; es un alma caritativa. Después, ve y dile al encargado de Grinning Gryphon que Nicolas Wariner te envió para entretener a los clientes de la tarde.

Lys comenzó a sonreír nuevamente; su rostro pareció iluminarse desde dentro. Randal, que continuaba mirándola, no se le ocurría qué decir. Sabía que el reino de Brecelande pasaba por un mal momento desde que el Rey Supremo había fallecido. A veces, en el Castillo de Doun, no se hablaba de otra cosa. Siempre lo mismo: la historia de la muchacha lo hizo sentirse inútil y enfadado como no lo habían hecho sentir las discusiones políticas.

"Pero ¿qué puedo hacer?", pensó con amargura. "Solo soy un aprendiz de mago... y no uno de los mejores."

Después de mostrarle el camino a Grinning Gryphon a una Lys bañada y mejor vestida, Randal se dirigió a la Schola para su clase de la décima hora. La entrevista con Boarin de temprano a la mañana lo había dejado triste e infeliz, y su encuentro con la joven solo sirvió para empeorar su humor.

Por lo tanto, no se sorprendió cuando su clase de la décima hora resultó ser un desastre. Hasta sus intentos por hacer aparecer una simple luz de lectura (una llama fría que la mayoría de los aprendices aprenden a hacer aparecer al final del primer año), no llegaron a nada. Cuando después del noveno o décimo intento, finalmente apareció una luz, el brillo blanco azulado casi lo deja ciego, y le dejó ampollas en los dedos.

–Control –le dijo resignado el Maestro Tarn con un suspiro–. No puedes abordar un hechizo menor como si estuvieras convocando demonios dentro de un círculo. Ve y consigue algo para la mano, luego vuelve aquí y repasaremos la teoría una vez más.

VI
Nubes de tormenta

Las semanas siguientes trajeron más de lo mismo, o peor. Los hechizos que antes Randal consideraba difíciles, ahora le parecían imposibles. Otros, como el de hacer aparecer una luz de lectura, le salían mal. La idea de aprobar los exámenes de segundo año se ensombrecía cada vez más sobre él.

Ni siquiera el éxito de Lys en Grinning Gryphon podía levantarle el ánimo. A los dueños de la taberna, en su mayoría magos y aprendices, les agradaba tanto la música que el encargado le había dado cama y comida a cambio de su actuación. Por un lado, Randal estaba contento de que Lys no tuviera que elegir más entre robar o morir de hambre, pero por el otro, sentía cierta envidia. La muchacha al menos tenía un talento que le respondía cuando lo necesitaba.

Pero hasta Lys, que podía tocar música como cualquier juglar del que haya oído hablar, había necesitado robar pan para no morirse de hambre. Por eso, ¿qué podría hacer un mago fracasado como él para poder sobrevivir?

"Podría volver a Doun", pensó, pero luego agitó la cabeza. Ya había pasado mucho tiempo desde su partida; demasiado tiempo desde la última vez que se había puesto la protección acolchada y había levantado una espada. "Me olvidé de todo lo que aprendí para ser un caballero... incluso si me lo permitieran... Y aún no sé nada de magia."

De hecho, Randal concluyó con pesar que su entrenamiento, hasta ese momento, solo lo hacía sentir inútil, inclusive para él mismo.

Una tarde de verano y con el mismo mal humor, Randal volvía a la habitación que aún compartía con Gaimar. Como de costumbre, su compañero de cuarto se había apropiado de la única silla. Estaba sentado con los pies sobre la mesa, recostado sobre el respaldo, haciendo aparecer burbujas de luces de colores, y luego las hacía estallar una por una en una lluvia de chispas.

Randal lo observó durante unos pocos minutos, cada vez más irritado. −¿Esto es todo lo que se te ocurre hacer?

Gaimar hizo aparecer un puñado de burbujas doradas y las hizo rebotar en el aire sobre su palma vacía. −¿Y qué es esto para ti después de todo? Ni siquiera puedes hacerlo.

Randal rechinó los dientes. −Estoy aprendiendo −dijo−. Y algún día...

−No te canses de esperar −le dijo Gaimar. Una de las burbujas explotó con un ruido sin eco. Una lluvia de pintas se espolvoreó en círculos entre las burbujas que quedaban−. Has estado aquí más de un año y aún no has logrado encender una vela.

Randal permaneció callado. Se arrojó sobre la cama y clavó la vista en la penumbra entre las vigas del techo. Del otro lado de la habitación, oyó el sonido de tres burbujas más que estallaban en rápida sucesión.

−¡Ya basta con eso! −dijo finalmente.

Gaimar chasqueó los dedos. Unas cuantas burbujas doradas y plateadas aparecieron sobre la cabeza de Randal. Revoloteaban como luciérnagas y estallaban en lluvias de polvo centelleante al chocar entre sí.

–¡Te dije que ya basta con eso! –dijo Randal–. Lo lamentarás...

Una burbuja plateada llegó flotando justo hasta su nariz, permaneció inmóvil por un instante y luego explotó. Se puso de pie de un salto. Gaimar aún tenía los pies sobre la mesa. Cuando Randal se paró, el otro aprendiz miró a su alrededor e hizo aparecer otro grupo de luces de colores.

–¿Qué crees que harás? –le preguntó Gaimar. Todas las luces desaparecieron de una vez, en un destello de color.

–¡Esto! –dijo Randal, y le pateó la silla.

Gaimar se cayó de rodillas y su expresión se transformó en ira. –Te enseñaré lo que es bueno, niño sin talento ni buenos modales...

Tomó un puñado de llamas del aire y se lo arrojó a Randal. La magia de Gaimar era mejor que su puntería. La bola de fuego no lo alcanzó. La llama despeinó los cabellos de Randal al pasar volando por su cabeza para terminar en las cortinas.

Furioso ahora, Randal se arrojó sobre el otro aprendiz, y Gaimar, olvidando toda magia, peleó con puños, pies y dientes. Los dos jóvenes rodaban por el piso, golpeándose entre sí y chocándose contra los muebles.

De pronto, Randal sintió que una mano invisible lo tomaba y lo separaba de su contrincante. Con poca delicadeza, la mano lo soltó sobre el piso a cierta distancia de Gaimar. Randal, con la respiración entrecortada, elevó la mirada y vio a Boarin parado en el centro de la habitación. Detrás del joven maestro, las cortinas humeaban donde había hecho blanco la bola de fuego.

El rostro de Boarin estaba tenso. –¿De qué se trata todo esto? –quiso saber–. ¿Y por qué dos aprendices de mago pelean con los puños como un par de campesinos comunes?

Randal se puso de pie nuevamente. "Ponte de pie, muchacho", parecía oír la voz de Sir Palamon que hacía ecos en su mente. "Un caballero nunca se hinca ante ningún hombre."

Después de unos instantes, Gaimar también se puso de pie. Boarin miraba a uno y a otro. –Y bien... ¿quién inició todo esto?

Por un momento, hubo silencio. "Un mago nunca puede mentir", recordó Randal.

–Yo lo hice –admitió.

Boarin lo observó con una mirada penetrante. –Ya veo... ¿Te importaría explicar por qué?

Randal pensó en las burbujas de Gaimar, en las creaciones de luz y sonido de Madoc que le había mostrado a un escudero estupefacto ante las maravillas de la magia, y en la habilidad de Lys con la música. Cualquier explicación que le diera, solo sería una mezcla de todas esas cosas, y no habría ninguna razón determinada...

–No, señor –le dijo.

–Ya veo... –repitió Boarin. Su mirada se dirigió a la cortina chamuscada y regresó a los dos aprendices–. Pelear en las habitaciones es una falta grave, y debería denunciarlos ante los Directores. Sin embargo... creo que esta vez podremos evitarlo, si los dos pueden encontrar cuartos separados.

Randal asintió. Sabía tan bien como cualquiera que los dormitorios estaban completos. –¿En el pueblo quieres decir?

–Si es necesario... –dijo el joven maestro.

Gaimar protestó: –Mi padre ya ha pagado la cuota de la Schola por este año.

Boarin lo miró reprochante. –Creí que...

–No importa –dijo Randal antes de que Gaimar pudiera

decir nada–. Puedo encontrar un lugar en el pueblo.

"Nick sabrá de alguna habitación disponible en algún lugar", se dijo. "De lo contrario, probablemente sepa Lys."

Randal no se molestó en ir a cenar al comedor esa noche. En cambio, fue al barrio de los carpinteros en Tarnsberg, donde Nicolas tenía su habitación arriba de la tienda del carpintero.

–¿A qué se debe esa cara larga? –le preguntó el aprendiz barbudo tan pronto como Randal apareció en su cuarto–. ¿Qué te sucede?

Randal se dejó caer sobre la única silla. –Tuve que dejar mi habitación en la Schola.

–¿Tú? –se sorprendió Nick–. ¿Qué ocurrió?

Randal se encogió de hombros. –Me peleé con Gaimar.

–Supuse que esto ocurriría de un momento a otro –fue todo lo que dijo Nick. Después de unos instantes de silencio, agregó: –La familia de Gaimar puede solventar los gastos de alquiler de cualquier habitación de Tarnsberg. ¿Por qué fuiste tú el que se mudó?

–Porque fui el que inició la pelea –dijo Randal. En ese momento, no se sintió con ganas de explicar la situación en mayor detalle, ni siquiera a un amigo como Nick–. Por eso vine aquí para saber si sabías de algún lugar disponible por la zona... de algún lugar barato –especificó– dado que tendré que pagar el alquiler con trabajo y algún mandado.

Nick lo miró fijo y dijo: –Si alguien jamás duda de que alguna vez te convertirás en un maestro mago, tu sentido de la oportunidad debe convencerlos de lo contrario.

Algo en el tono de voz de Nick lo alarmó. –¿Qué quieres decir?

–No mucho –dijo Nick–. Solo que este lugar estará desocupado mañana por la mañana.

–¿Qué dices? –preguntó Randal.

Recorrió todo el ático con la mirada. Sin ya recordar sus propios problemas, pudo ver que el familiar desorden tenía otro aspecto; como si Nick hubiese clasificado sus cosas para empacar o para deshacerse de ellas. Todo sus libros estaban sujetos con cordones, y las prendas que siempre estaban desparramadas, yacían prolijamente dobladas sobre la cama.

–No me digas –dijo Randal–. Al fin te has dado por vencido y has permitido que te hagan mago itinerante.

–No exactamente –dijo Nick–. Anoche tuve una larga charla con el viejo carpintero. Tiene un primo en el ramo de la carpintería al norte, en Cingestown, y parece que este primo necesita otra persona que lo ayude, y puede ser que algún día se quede con el negocio porque no tiene hijos ni sobrinos.

Randal lo miraba fijamente. –¿Vas a convertirte en aprendiz de carpintero?

–Algo mejor que eso –dijo Nick–. El viejo John ya ha ido a pedirle al Gremio que me hagan oficial. Dice que he aprendido más ayudándolo medio turno que la mayoría de los aprendices de tiempo completo.

–Pero... ¿dejas la magia? –Randal estaba confundido–. ¿Por qué?

–El mundo siempre puede necesitar un buen carpintero –dijo Nick–. Ya he jugado bastante con la magia. Si en realidad hubiese querido ser mago, hace años que estaría por los caminos.

Randal leyó la mirada de su amigo. Nick decía la verdad. –¿Partes mañana?

–Así es –dijo Nick–. Hay un tren con una carga de sal con dirección al norte que parte mañana, y puedo ir con ellos si llego a tiempo.

–Bien... adiós, entonces. –Randal intentó no parecer afligido. No se había dado cuenta antes de lo mucho que dependía de los consejos de Nick para continuar con la vida diaria de la Schola.

–No te apenes –dijo Nick–. Voy a Grinning Gryphon a decirle a Lys que puede quedarse con el laúd... ¿quieres acompañarme?

–No lo creo –dijo Randal. No pensaba que estuviera de humor como para ir a una posada alegre–. Pero me quedaré aquí un rato, si no te molesta.

–Buena idea –le dijo Nick–. Es conveniente que le des tiempo a que las cosas se enfríen un poco en la Schola antes de volver y mudarte. –El joven partió. Sus pasos se alejaban hasta que ya nada se oyó.

Randal se quedó y observó las pilas de libros de magia cuidadosamente sujetas que se encontraban sobre la mesa y en el piso. La habitación nunca se había visto tan prolija. Se preguntó qué planearía hacer Nick con todos esos libros... probablemente dárselos a la Schola, como había hecho con la ropa.

"No acabo de comprender a las personas", pensó Randal.

Dejó caer la cabeza entre las manos. "Gaimar tiene un poder mágico en sus manos y todo lo que hace es jugar. Y Nick... Gaimar no es nada al lado de él, y es Nick el que se rinde para ser un carpintero común y corriente."

"Y aquí estoy yo. Ser mago es lo único que deseo, y como dice Gaimar, ni siquiera puedo encender una vela."

Pero Madoc le había dicho que tenía pasta de mago. Y el norteño no le habría mentido... y no lo hubiese llevado en ese largo viaje desde Doun hasta Tarnsberg, ni le hubiera enseñado a leer y escribir por el camino, si no hubiera visto que Randal tenía una oportunidad.

"Una oportunidad. Solo una oportunidad. Eso no quiere decir que nunca llegaré. Tal vez, deberé darle lucha por años hasta estar en la Schola por más tiempo que Nick... y después darme por vencido para cuidar ovejas o algo así."

El solo pensar en ello, lo atemorizaba. De pronto, sintió que debía saberlo... o, de no poder estar completamente seguro, necesitaba al menos tener alguna pista de que sus esfuerzos no serían inútiles. Pensó en la visión que había observado en la fuente de Madoc en Doun y en el sueño que tuvo después.

Por unos momentos, recordó que todo era tan claro. Ahora, se le apareció otra idea. Al principio se resistió, pero luego el pensamiento se volvió más intenso.

"Tal vez, si lo intento nuevamente, pueda aprender más."

Se puso de pie y se volvió hacia la jarra y el jarro de peltre que descansaban sobre la mesa. Por lo general, Nick tenía la jarra llena de agua de la cocina de abajo. Randal se asomó y vio que aún no la había vaciado para empacarla.

"Bien" pensó, y vertió un poco de agua.

Apoyó nuevamente el jarro sobre la mesa y se detuvo a mirar la superficie del agua. Los aprendices de primero y de segundo año no estudiaban videncia en sus clases, pero Randal había escuchado a los maestros y a los aprendices avanzados hablar sobre cómo se hacía, y recordaba claramente su propia experiencia en el Castillo de Doun.

Primero, necesitaría un punto de atención de algún tipo, un objeto sobre el cual concentrarse. Buscó en la carterita del cinturón y tomó su piedra de cristal. De la misma forma en que Madoc lo había hecho con anterioridad, sostuvo el cristal sobre el agua del recipiente, y comenzó a pronunciar el hechizo en la lengua antigua.

Hasta ese momento, había aprendido lo suficiente en la Schola como para saber que esas palabras servían para liberar de distracciones de la mente del vidente. "Olvídate de todos" pensaba, mientras pronunciaba el hechizo. "Olvídate de Gaimar, de Nicolas y de Lys. Olvida los exámenes y el fracaso, olvídate hasta de la magia misma... Si debo ver algo, deja que venga a mí ahora..."

Y esperó.

Lentamente, el aire del ático se enfrió y el agua del recipiente se oscureció. Al fin, apareció una mancha de color en la profundidad del agua: verde, un feo verde grisáceo como el horizonte después de una tormenta. El color se esparció hasta llenar la superficie del jarro de borde a borde.

Entonces, vio una planicie despejada con nubes verde grisáceo que se formaban. Un joven estaba de pie en el centro del llano árido. Los negros harapos de la bata del aprendiz flameaban a su alrededor en el viento creciente.

"Ese soy yo", pensó Randal. Al reconocerse, apareció otra mancha verde en el suelo rígido; esta vez, de un verde brillante y lozano. Eran los brotes de una pequeña planta que surgía entre la tierra desnuda y agrietada.

"No puede crecer más", pensó Randal. "Las raíces deben estar atoradas."

El joven de la visión giró y tomó algo de la tierra apelmazada detrás de sí.

"Una espada", pensó Randal. Y luego, "*Mi* espada. La que me dio mi padre; de la que me deshice."

El Randal de la visión tomó la espada y la usó como si fuera una pala para remover la tierra seca que rodeaba la planta que luchaba por salir. Con gran esfuerzo, quebró un bloque de tierra, y luego otro. Apareció otro brote de la planta.

Luego, comenzó a crecer más y más rápidamente, y le brotaba una y otra hoja mientras Randal la liberaba del suelo que la aprisionaba. Resonó un trueno y se desató una tormenta. Comenzó a llover con fuerza y se humedeció el suelo seco que había removido. La bata negra brillaba adherida a su cuerpo. La espada que sostenía en la mano comenzó a cambiar de forma hasta que se transformó en un báculo de mago.

El viento zumbaba por la planicie. Levantó el báculo sobre su cabeza y brotaron plantas todo a su alrededor y se esparcieron hasta cubrir el suelo estéril. Las nubes grises se abrieron y se alejaron, descubriendo un cielo azul zafiro. El aire se entibió, y el campo reverdecido floreció bajo la luz del sol.

Randal se sintió cansado después de todo esto. Se acostó entre las flores y se quedó dormido...

Despertó con un intenso dolor de cabeza en una habitación oscurecida. Voces murmuraban fuera del alcance de su oído, y alguien le colocaba un paño frío sobre la frente.

–¿Qué...? –murmuró.

–Despertó –dijo alguien. La voz era suave, y no provenía de lejos. Era Lys, por el tono y el acento sureño. Randal abrió los ojos y vio a la muchacha de pie en la cabecera de la cama, con un lienzo húmedo en las manos.

–Ya era hora... –dijo otra voz más profunda.

–¿Nick? –preguntó Randal. Giró un poco la cabeza y vio al aprendiz, mejor dicho "ex aprendiz", de barba castaña que lo miraba ansioso.

–Sí, soy yo –dijo Nick–. Volvimos de Grinning Gryphon y te encontramos frío en el piso. ¿Qué estabas haciendo?

Randal cerró los ojos nuevamente. –Viendo mi futuro.

–¿Sin nadie que estuviera a tu lado? –Nick sonaba casi enfadado–. Has utilizado tanta energía en esa videncia como para vencer a diez magos, y has tenido suerte de que llegáramos a tiempo.

–Gracias –le dijo Randal agotado. "Al menos ahora sé que tengo poder", pensó. "Debo alegrarme por eso." Pero en ese momento, estaba tan agotado por la experiencia que no podía más que sentirse exhausto.

–No intentaré hacerlo nuevamente –prometió.

–Espero que no –dijo Nick–. Si no sobrevives, ¿cómo podré contar en mi vejez que te he conocido?

Lys interrumpió antes de que Randal pueda decir nada.

–¿Qué viste? –preguntó–. En realidad has visto el futuro, ¿no es así?

–Sí –afirmó Randal. Sintió que volvía a quedarse dormido, exhausto por el esfuerzo que había puesto en la videncia–. Debo continuar –murmuró–. Debo liberar mi magia antes que comience la tormenta.

VII
Una nueva oportunidad

El intento de Randal por ver el futuro casi lo mata, pero el accidente también produjo buenos resultados. Con una renovada certeza del curso de su futuro, ya no tenía la sensación de querer golpearse la cabeza contra alguna pared a causa de la magia. Si aún no trabajaba al nivel de otros aprendices de segundo año, al menos sus habilidades mejoraron lo suficiente como para que no se sintiera el tonto de la clase.

También lo ayudó el mudarse del dormitorio a la antigua habitación de Nick. Sin que otros aprendices lo distrajeran de su trabajo ni le hablaran día y noche, tenía más tiempo libre para estudiar; aun después de sus tareas que llevaba a cabo en la carpintería para poder pagar su alojamiento. Mejor aún, ya nunca más tuvo que soportar la irritante presencia de Gaimar.

Desarrolló el control de los trucos de magia con espejos al utilizarlos con más frecuencia. Ya podía hacer aparecer una luz de lectura por sus propios medios, al mismo tiempo que ahorraba en velas y aceite para la lámpara; después de una semana, aproximadamente, de suspender sus estudios al amanecer, aprendió a hacer aparecer la luz y de mantenerla quieta mientras trabajaba en alguna otra cosa. A diferencia de los magos y de los aprendices de la Schola, que no querían saber nada de trabajar por la noche, el carpintero cerraba la tienda antes de que anocheciera, por lo que Randal aprendió a abrir y cerrar con llave a través de su magia para poder ir y venir cuantas veces quisiera.

Al llegar el día de su examen de segundo año, Randal estaba nervioso pero, por primera vez en meses, se sentía seguro. Se levantó temprano, se vistió con ropas limpias y la bata de aprendiz, y caminó por las tranquilas calles hasta la Schola. Esta vez, las puertas del gran salón se abrieron a su paso de inmediato, y subió las escaleras hasta la biblioteca él solo.

"Cuando llegué aquí", pensaba mientras ingresaba a la gran sala repleta de libros y pergaminos del piso al techo, "ni sabía cómo se llamaba una habitación como esta".

Esta vez, cinco maestros magos estaban esperándolo, sentados en hilera ante una larga mesa. La Maestra Pullen, una de las Directoras que lo había admitido, estaba sentada en el centro, escoltada por el Maestro Tarn y el Maestro Crannach. Nuevamente, el Maestro Laerg, de cabello rubio, se encontraba sentado en el extremo de la mesa... y en el extremo opuesto, con la bata de maestro sobre el respaldo de la silla, estaba Madoc el Caminante.

"Es bueno verlo aquí", pensó Randal. "Eso espero." El norteño podría ser su amigo, pero Randal no creía que Madoc le diera un tratamiento especial por ello.

La Maestra Pullen cruzó las manos sobre la mesa. –Aprendiz Randal –comenzó–. Puedes empezar por hacer aparecer una llama fría.

"Una luz de lectura... no es demasiado difícil." Randal se concentró por un momento e hizo aparecer una pequeña lengua de fuego blanco azulado que permaneció inmóvil en el aire justo por detrás de él.

Pullen asintió con la cabeza. –Ahora, apaga las velas.

Randal pensó en cada una de las llamas amarillas que resplandecían y murmuró las palabras del hechizo que canalizaban su deseo y lo convertían en realidad. Las velas se apagaron y solo dejaron un hilo de humo.

Los magos se miraron entre ellos. Randal se concentraba en mantener la llama fría encendida. Luego, la Maestra Pullen le dijo: –Muy bien, Aprendiz... ahora, vuelve a encenderlas.

Eso era un poco más complicado. Cuando las velas de cera comenzaron a quemarse nuevamente en los candelabros, Randal sintió que un frío sudor le corría por la frente y la parte posterior del cuello.

El examen continuó. Hacer que la mesa se convierta en una roca plana. Explicar por qué una ilusión no es, de hecho, lo mismo que mentir. Dar los cinco usos básicos de un círculo mágico. Dibujar un círculo simple. Activarlo. Cerrarlo.

Cuando finalizó el examen, la luz amarilla del mediodía entraba por las ventanas de la biblioteca. No tenía idea si le había ido bien o mal, y estaba demasiado cansado como para preocuparse. Se sentía agobiado y exhausto, como si hubiese estado practicando con la espada junto con Sir Palamon en Doun.

–Puedes retirarte –dijo la Maestra Pullen–. Aguarda afuera hasta que volvamos a llamarte.

Randal salió de la biblioteca. No había llegado demasiado lejos cuando se dio cuenta de que el largo examen lo había cansado más de lo que pensaba. Tan pronto como se cerró la puerta de la biblioteca detrás de él, se le aflojaron las rodillas y debió apoyarse contra la pared para no caerse.

"Tal vez deba esperar aquí", pensó.

Se deslizó por la madera pulida hasta quedar sentado en el

piso. Por unos instantes, no movió músculo alguno ni pensó en nada. Luego, lentamente, notó que podía escuchar las voces de los cinco magos dentro de la biblioteca.

"Están hablando de mí ahora", advirtió. "No debería estar escuchado..."

Aun así, no se levantó ni bajó las escaleras. Los tonos claros y precisos de la Maestra Pullen se oían bien por la ranura entre el marco y la hoja de la puerta: "...control insuficiente para un aprendiz de segundo año, y su técnica es un poco tosca. Me inclino a recomendar su expulsión."

"Expulsión." Randal se mordió con fuerza el labio inferior. "Significa que quiere desaprobarme y echarme."

"Me permito estar en desacuerdo con usted, Maestra Pullen." Randal reconoció el acento gutural de la voz de Crannach. "Lo que dice es verdad... pero no puede decir que no ha advertido el potencial del muchacho. Usted lo vio apagar esas velas sin viento ni agua."

"La fuerza natural no sirve de nada sin una técnica que la canalice." Ese fue el Maestro Tarn. Randal conocía bien la voz del joven maestro de dos años de clases infelices. "Y sus conocimientos teóricos estaban algo flojos. No podemos mantener a un alumno que no comprende cómo ni por qué se hace algo. Voto por su expulsión."

"Y yo digo que la Schola no puede dejarlo ir a medio entrenamiento." El acento norteño de Madoc siempre era indiscutible. "No todos los alumnos vienen aquí sabiendo cómo aprender."

Randal advirtió que Crannach sonreía mientras decía: "Es verdad... Recuerdo a una maestro mago que cuando apareció en el umbral de la Schola, casi no podía hacer otra cosa que contar chistes malos y maldecir en su propio dialecto bárbaro."

Madoc agregó algo en un idioma que Randal no supo comprender, esperó que Crannach dejara de reír en respuesta a ese comentario y continuó en el idioma de Brecelande. "Para algunas cosas, la experiencia es la mejor maestra. Propongo que le demos tiempo."

"Entonces, tenemos dos votos para que se quede", dijo la Maestra Pullen, "y dos para expulsarlo. Maestro Laerg, usted no ha hablado todavía... ¿Cuál es su voto?"

Hubo una larga pausa. Detrás de la puerta, Randal contuvo la respiración. Después, oyó la voz casi aterciopelada del mago de cabello rubio. "Aunque les parezca extraño al resto de ustedes, esta vez estoy de acuerdo con el Maestro Madoc. El muchacho tiene mucho potencial como para echarlo. Recomiendo que lo tengamos a prueba. Le tomaremos otro examen en unos cuantos meses."

Randal liberó su respiración en un largo suspiro de alivio. Había aprobado... aunque más no fuera por poco.

Más tarde, ese día, Randal decidió ir a Grinning Gryphon a la hora en que Lys actuaba para los clientes. La joven artista había perdido su apariencia desgarbada y famélica, aunque aún podía hacerse pasar por un varón en su túnica corta. Los clientes de la taberna, que en su mayoría eran magos acostumbrados a descartar la superficialidad de las cosas, probablemente se daban cuenta de que estaban escuchando a una niña, pero a nadie parecía importarle eso.

Los aplausos y las monedas que tintineaban en el plato frente a ella, hacían que siguiera cantando hasta que al final se detuvo y con la mano en alto exclamó: –Por favor, déjenme un poco de voz para mañana.

Entre los comentarios de adulación del público, la muchacha dejó el centro del salón y se unió a Randal en una mesa del rincón. –¿Buenas noticias? –le preguntó mientras tomaba asiento a su lado.

Él asintió y dejó que su rostro se iluminara con una sonrisa.

–Aprobé.

–¡Eso es maravilloso! –exclamó Lys, y le dio un abrazo.

–Bueno... no es tan maravilloso –admitió–. Estoy a prueba, como siempre.

–¿Qué quiere decir "a prueba"?

–Significa que me volverán a tomar un examen en unos cuantos meses –explicó Randal–. Si no demuestro el suficiente progreso, me expulsarán.

–No te expulsarán –dijo una voz familiar. Randal se volvió. Miró a su alrededor y vio a Madoc sentado en la mesa de al lado. El maestro mago tenía un porrón de cerveza frente a él y parecía que había estado cómodo allí por un tiempo.

–¿No? –preguntó Randal–. ¿Cómo puede estar tan seguro?

–Porque el Maestro Crannach y yo hemos apostado nuestra reputación en ello.

–Ya veo –dijo Randal. Se preguntó por qué Madoc no había mencionado al Maestro Laerg. Pero si preguntaba sobre el tercer voto contra la expulsión habría significado reconocer que había estado escuchado por detrás de la puerta de la biblioteca. Randal decidió dejar el tema ahí–. Intentaré no decepcionarlo.

–Continúa progresando –le dijo Madoc– y no lo harás.

El mago se dirigió a Lys, que permanecía allí, quieta, escuchado la conversación. –Creía que conocía a todos los buenos trovadores de Brecelande, pero mis oídos me dicen que estaba equivocado.

Lys se puso un poco colorada. —Solo soy una artista, Maestro Mago, no soy un trovador... y tan extranjera en Brecelande como usted.

—Sea como fuera que te defines y provengas de donde provengas, muchacha, tienes un don especial —le dijo Madoc.

La joven bajó la mirada y Randal notó que sus dedos apretaban el laúd. —Canto lo mejor que puedo para comer, y hablando de comer, debo irme... se me enfría la comida en la cocina en este preciso momento.

Se deslizó entre los clientes y desapareció. Randal volvió la mirada a Madoc. —Me parece que la atemorizó un poco.

—Tal vez —dijo Madoc—. No todos los músicos errantes pueden ser llamados trovadores, y no todos desean serlo. —Se recostó contra la pared y suspiró.— Entre mi gente, ser un trovador es muy bueno.

—¿Mejor que ser mago? —le preguntó Randal al recordar los comentarios que Crannach le hizo a Madoc esa mañana.

Los norteños no usan demasiado la magia —le contó Madoc—. Creen en su realidad y comprenden su poder, pero no ven por qué deben respetarla por ello. Tus amigos de Doun no son demasiado diferentes, solo que más corteses.

Randal pensó en Sir Palamon, que había llamado al mago "Maestro Madoc" desde que se conocieron, y en Lord Alyen, que le había dado un lugar de honor en la mesa principal. —No comprendo.

—Nos temen —dijo Madoc—. Confían en lo que ven y en lo que sienten, y prefieren que sus enemigos peleen cara a cara. Pero nosotros podemos cambiar la apariencia y la textura del mundo, y peleamos entre sombras. ¿Por qué crees que a los magos les prohiben usar armas de caballero? —preguntó de pronto.

Randal sacudió la cabeza. –No lo sé.

–Los maestros de la Schola te dan tantas razones que no puedes elegir entre todas ellas –dijo Madoc–. Bueno, permíteme darte otra para que pienses: es una regla que te recuerda, tanto a ti como a las personas como tu tío, que un verdadero mago no tiene intenciones de buscar poder mundano.

El mago terminó el contenido de su porrón y se puso de pie. –Es hora de partir –dijo.

–¿Ya se va? –le preguntó Randal–. Pero si acaba de llegar.

–De todas las ciudades de Brecelande, Tarnsberg es, sin lugar a dudas, la mejor y la más equitativa. Pero como cualquiera de los magos de aquí te lo puede corroborar, no soy hombre de quedarme demasiado en algún lugar.

–¿Cuándo piensa regresar?

Madoc se encogió de hombros. –¿Quién sabe? Sé juicioso con tus estudios, y te irá bien por ti solo.

El mago se dirigió a la puerta y dejó a Randal solo en la mesa. Después de un momento, el aprendiz pagó su sidra y se fue a casa.

Unos cuantos días después, Randal estaba trabajando solo en la biblioteca de la Schola. Desde que había aprobado el examen, se había instalado allí para estudiar, así como también en la habitación de arriba de la carpintería. En ambos lugares podía practicar sus hechizos y encantos sin ser afectado por los comentarios de otros aprendices... especialmente de Gaimar. Siempre podía encontrar en la biblioteca un libro o un rollo de escrituras cuando lo necesitaba.

Ese día, practicaba círculos de magia. Movía los labios con un verso mágico en lengua antigua, mientras con el índice dibujaba un círculo en la madera oscura de la superficie de la mesa. Luego, aún con el índice como lápiz, agregaba los símbolos básicos al norte, al sur, al este y al oeste. Pronunciaba unas cuantas palabras en lengua antigua y el pequeño círculo comenzaba a brillar.

Randal se relajó. El proceso nunca antes le había salido con tanta facilidad. Ahora, si solo pudiera lograr activar un círculo de tamaño completo con la misma sencillez...

—Excelente trabajo.

Randal se sobresaltó. Giró y vio al Maestro Laerg de pie unos cuantos pasos más atrás. El joven maestro de cabello rubio vestía la bata de la Schola sobre una larga túnica de terciopelo púrpura oscuro muy diferente de la ropa usada de Randal.

No obstante, la expresión de Laerg era de interés mientras observaba el círculo de práctica. —Veo que has progresado desde el examen.

—Gracias, señor —dijo Randal. Esperó con curiosidad escuchar lo que el maestro mago le diría a continuación, pero la pregunta, cuando llegó, lo sorprendió: —¿Has pensado en buscar un tutor para tus estudios de tercer año?

Randal negó con la cabeza. Ni se había molestado en preocuparse por encontrar un maestro particular que deseara continuar instruyéndolo después de las clases de primero y segundo año. Parecía no tener sentido dado que esperaba que lo echaran de la Schola después del examen de segundo año.

Y ahora, si Madoc estuviese allí, la elección sería fácil. Pero el norteño estaba de viaje nuevamente, y quién sabe cuándo volvería.

—Tal vez el Maestro Crannach... —comenzó Randal.

—Ya tiene más alumnos de los que puede atender —le dijo Laerg—. Me temo que podría desatender, sin proponérselo, un alumno con tu potencial.

Randal olvidó toda amabilidad. –¿Qué potencial? –le preguntó con hosquedad–. Apenas comienzo a aprender las cosas que los otros aprendices ya tienen incorporadas desde los primeros seis meses.

–Ya lo sé –dijo Laerg–. Es tu mismo potencial el que se interpone en tu camino cuando intentas los trucos simples. Piensa en las velas que apagaste en el examen.

–Lo recuerdo bien –dijo Randal. "Recuerdo cuando estaba allí, de pie, sudando, después de que finalmente había hecho algo que todos los demás hacen con solo mover una mano." –¿Qué hay sobre las velas?

–La mayoría de los estudiantes –explicó Laerg–, apaga las velas con viento; fácil, imperceptible y directo. De hecho, la solución preferida. Unos pocos estudiantes opta por hacer llover o hacer aparecer una densa niebla, y sumergir las llamas en agua. Casi nunca vemos un alumno que sea capaz de apagar las velas con el poder de la voluntad.

"Entonces, eso fue lo que hice", pensó Randal. "El camino más complicado, como siempre." –¿Esa es la solución incorrecta?

–Sí y no –dijo Laerg–. No, por el poder que demuestra, y sí, porque el alumno no puede controlar el mismo poder.

Randal quedó pensativo. Era bueno que un maestro mago le dijera personalmente que tenía poder; ni siquiera Madoc había sido tan directo con él. Pero saberlo no lo ayudaba con su problema actual.

–Si el Maestro Crannach no puede tomarme como alumno, ¿entonces, quién?

–Yo –dijo Laerg. Del bolsillo de la bata sacó una cosa pequeña que Randal reconoció como un carozo de durazno. Se lo dio y le dijo: –Planta esto.

Randal pestañeó. –¿Dónde?

–Donde quieras –le dijo Laerg–. Aquí, puede ser. –El maestro mago señaló la mesa y pronunció una frase en lengua antigua. El pesado mueble cambió de forma hasta transformarse en un cubo de madera lleno de tierra.

El aire de la biblioteca se enfrió mientras la mesa cambiaba de forma, y Randal supo que no se trataba de una ilusión: en realidad, la mesa se había transformado en lo que parecía ser. Laerg hizo un gesto con la cabeza y Randal introdujo el carozo de durazno en la tierra blanda.

–Ahora –le dijo Laerg–, haz que crezca.

Randal agitó la cabeza. –No puedo. Nunca estudié hechizos avanzados como ese.

–Sin embargo, sí puedes hacerlo. De la misma manera que apagaste las velas. –La voz de Laerg sonaba persuasiva y firme–. Visualiza la semilla que se abre y que saca brotes... pronuncia las palabras para canalizar tu voluntad en acción...

Randal hizo lo que le decían. Sintió la fuerza del hechizo que crecía dentro de él, tan poderosa que temió que se le escapara y desapareciera antes de que pudiera usarla. Luego, oyó la voz de Laerg que pronunciaba nuevamente las palabras de canalización, y el hechizo se contuvo. Apareció un brote verde entre la tierra del cubo de madera.

El brote creció, sacó hojas, se prolongó primero en un tronco y luego, en un árbol floreciente. Las ramas superiores tocaban el alto cielo raso de la biblioteca. A continuación, todas las flores cayeron sobre la tierra y comenzaron a hincharse dorados duraznos en las ramas frondosas del árbol.

–Puedes tomar uno, si lo deseas –le dijo Laerg.

Randal tiró de un durazno bien maduro de la rama más

cercana. La fruta era pesada y la piel afelpada y amarilla estaba húmeda con gotas de jugo. Al observarlo, aún con el durazno en la mano, el árbol dejó caer las hojas. En segundos, estuvo desnudo en el cubo de tierra.

Laerg pronunció algunas palabras en lengua antigua. Una vez más, Randal sintió que el aire se tornaba más frío a su alrededor, y el árbol desnudo volvió a transformarse en la mesa de madera pulida.

—Ven a mi estudio mañana al mediodía —le dijo Laerg— para tu primera lección.

El maestro mago se fue de la biblioteca, con su bata negra flameante alrededor de sus tobillos. Randal se quedó atrás, sin poder sacar la vista del durazno maduro que descansaba en su mano, un poco atemorizado por probarlo.

VIII
La espada y el círculo

Llegó el invierno a Tarnsberg con escarcha, nieve y claras noches estrelladas. Luego, la nieve se derritió, las tardes se prolongaron, y la brisa tibia de principios de primavera comenzó a correr entre las casas.

Todos los días, Randal iba al estudio de Laerg para sus clases de instrucción sobre las artes superiores de magia: construcción de círculos, creación de ilusiones complejas, control de luz y llama. Sus estudios iban bien. Con la ayuda del maestro mago y un estricto control del poder que llamaba cuando un hechizo intentaba írsele de las manos, Randal aprendía cada vez con mayor rapidez.

Ese día, las ventanas del estudio de Laerg estaban abiertas y las cortinas de terciopelo descorridas, lo que permitía que una brisa primaveral ingresara a la habitación junto con la luz del sol del atardecer. Randal tomó asiento en un banco de madera para escuchar la exposición del mago sobre hacer aparecer los elementos.

—Encontrarás útiles estos métodos para tratar con espíritus de la tierra, del aire, del fuego y del agua.

—Esos espíritus... no son demonios. ¿No es así? —preguntó Randal.

En los seis meses que había estado estudiando con el Maestro Laerg, había aprendido muchísima teoría sobre la magia. Sin embargo, hasta ese momento no había tocado el tema de la invocación a los elementos ni otros espíritus. La Schola no prohibía tales hechizos, pero solo los magos más poderosos se atrevían a manejarlos... Las invocaciones se encontraban entre las más peligrosas, tanto para los magos como para cualquiera que estuviera cerca.

Laerg negó con la cabeza en respuesta a la pregunta de Randal. –Los demonios viven en dimensiones diferentes de nuestro plano terrenal. Los elementos son otra cosa... están muy unidos al mundo físico, aunque no formen parte de él. Por lo tanto, invocarlos es muy simple. Hasta un aprendiz puede hacerlo, si cuenta con la instrucción adecuada.

–Ya veo –dijo Randal. Tenía una idea de lo que iba a tratarse el tema del día, y no estaba seguro de que le agradara. "No encuentro uso alguno para los elementos, aun cuando pueda hacer aparecer alguno", pensó. "Pero supongo que es bueno saberlo."

–Comencemos por construir una círculo mágico de potencia suficiente –dijo Laerg–. Procede, por favor.

Randal se puso de pie. Sobre el escritorio descansaba una varita de ébano. Randal la tomó y luego hizo una pausa.

–¿Qué tipo de elemento? –preguntó–. ¿Y de qué dimensiones?

–Solo un elemento de fuego de la menor de las categorías –dijo Laerg–. No necesitarás más que un círculo de un ana de diámetro.

Randal tomó la varita de ébano y la utilizó para dibujar la forma de un círculo de aproximadamente tres palmos de diámetro sobre el piso del estudio. "Eso es un ana, más o menos", se dijo. "Ahora, los símbolos."

Agregó las marcas en los cuatro puntos cardinales y entre

ellos, dibujó los símbolos que representan los cuatro elementos de la manera que Laerg se los había enumerado: tierra, aire, fuego y agua. Luego, se alejó y se volvió al maestro mago para más instrucciones.

Laerg le echó un vistazo al círculo y lo aprobó: –Excelente, hasta ahora.

Lo miró por un momento, como si lo estudiara, y continuó: –Una cosa más, antes de que comiences el hechizo: ve a ese armario del rincón y ábrelo. Toma lo que encuentres.

Randal se dirigió hasta un gran mueble con herrajes y lo abrió. En su interior, encontró algunas batas y túnicas dobladas, de diferentes tonos de terciopelo, y sobre ellas, algo largo y fino, envuelto en seda. Lo tomó.

Tan pronto como lo tocó, supo lo que era. Sus manos temblaron un poco mientras desenvolvía espada de seda. Hacía casi tres años que no había tocado ningún tipo de arma, y mucho menos, una como esa. El delgado cordón que envolvía el puño era de oro puro, con una estrella de rubí engarzada, y el filo tenía el emblema del mejor acero del sur.

Randal levantó la espada y descubrió que la mano y la muñeca aún recordaban la forma debida de empuñar el arma y de sostenerla con firmeza.

"Pero ¿qué tipo de mago usa una espada?", se preguntó.

Detrás de él, como dándole la respuesta, oyó la voz de Laerg que le decía: –Al invocar los elementos, al igual que para invocar a los demonios y los espíritus superiores, es muy importante utilizar el simbolismo adecuado. Estrictamente hablando, no se requiere de poder ni de autoridad representados en la espada ceremonial cuando se trata de poderes tan insignificantes. Una varita podría ser suficiente. Solo aquellos que se atreven a invocar los espíritus más poderosos deben encerrarlos con acero. Pero si aprendes esa magia poderosa, primero debes practicar en un nivel inferior con las herramientas adecuadas. Por eso, como ves, he aquí el arma de filo.

Randal miraba el reflejo del sol parpadeando sobre el filo del acero; no tenía la más mínima irregularidad, ni manchas de afilado. "Esta no es el arma de un caballero", reconoció. "Está envuelta desde el momento en que la forjaron, y nunca la usaron contra nada más fuerte que el aire."

—Ahora —anunció Laerg—, coloca la espada afuera del círculo, con el rubí del puño apuntando al oeste. Luego, activa el círculo y repite las palabras de la invocación.

Randal ubicó la espada tal como le dijo el mago. Después, tomó la varita nuevamente, y la extendió sobre el círculo. Al murmurar la frase en lengua antigua, el círculo comenzó a brillar.

Ahora, las palabras del conjuro. Randal se mordió los labios nervioso al repasar el encanto mentalmente. Hasta un aprendiz de mago conocía el peligro principal de las invocaciones —una equivocación equivale a un quiebre en el círculo y el mago podría resultar víctima de las fuerzas que intentaba manejar.

Pero los largos meses de estudio le habían dado la seguridad necesaria, y las palabras del hechizo fluyeron de su mente sin duda ni error. Tomó aire y comenzó a hablar.

Como siempre, cuando intentaba trabajar con los trucos de magia del nivel superior, Randal sentía que su poder se fortalecía y luego comenzaba a desvanecerse. Casi sin meditarlo, reguló el control y continuó recitando las palabras de la invocación.

— ¡*Fiat*! —concluyó en lengua antigua—. Que se haga.

Algo pequeño y anaranjado apareció en el centro del círculo: una criatura del tamaño de una muñeca hecha toda de fuego. Parpadeaba y se agitaba, como si la brisa proveniente de alguna ventana abierta amenazara con extinguirla. Luego, pareció llegar a su punto máximo. La feroz sustancia se expandió y comenzó a desplazarse como si estudiara los límites de su prisión. Se detenía en un borde del círculo, y luego en otro y en otro, dejando algunas marcas de humo a su paso.

La criatura detuvo su movimiento y Randal supo que había advertido su presencia. Podía sentir la atención del elemento que se dirigía hacia él, y en la espada que se encontraba fuera de los brillantes límites del círculo.

"... me has llamado..." La voz del fuego era como un murmullo en su mente.

–Sí, te llamé –contestó Randal en voz alta.

"¿Qué quieres que haga?"

–¿Qué quiero? –repreguntó Randal–. Nada.

"Pero me has invocado". La débil voz del fuego parecía frustrada y temerosa. "...ordéname algo, de lo contrario, no podré regresar..."

–No deseo ordenarte nada –dijo Randal.

"¡Pero debes hacerlo!". Y de inmediato el elemento brilló con más fuerza, como con furia, y comenzó a presionar contra los límites del círculo en todas direcciones.

"¡Debes hacerlo!".

Randal, serio, pensó. –Entonces, te ordeno que me digas tu nombre, y que acudas a mí la próxima vez que te invoque.

La llama se redujo al tamaño original. "Mi nombre es Flashfire... llámame una vez más, y vendré a servirte".

–Bien –dijo Randal–. Ahora, puedes irte. Te dejo libre.

El fuego parpadeó como una antorcha encendida al viento. Randal esperó unos segundos hasta asegurarse de que en realidad había desaparecido, y luego cerró el círculo.

–Ahora –dijo Laerg cuando se borró el último rastro de círculo y la espada ya estaba guardada en su envoltorio de seda–, ves qué simple es una invocación como esta.

Randal asintió con desgano. Para toda la potencia que requería, el hechizo había sido bastante simple. De hecho, resultó *demasiado* simple para algo que podía retener un espíritu de fuego.

–Aún no comprendo la razón por la que se usa la espada –admitió Randal–. Ya había leído sobre la invocación, y ninguno de los libros menciona nada sobre las armas.

–No todo puede serle confiado a una página escrita –dijo Laerg–, donde cualquier tonto pueda leerlo. Los trucos más importantes siempre han pasado de maestro a alumno oralmente. Y algunas cosas que he descubierto por mí mismo, más allá de los límites establecidos por la tradición.

–¡Ah! –exclamó Randal–. Pero ¿y qué hay sobre la espada?

Por un momento, Laerg pareció perturbado. Luego, la sombra se alejó de los bellos rasgos del maestro mago y continuó en su voz suave: –Como ya te dije, la espada es solo un símbolo; en este caso, un símbolo de poder. Los elementos, al igual que los espíritus, especialmente los que habitan otros planos de existencia, poseen una inteligencia limitada y entienden muy pocas cosas. Uno debe hablarles –concluyó el maestro mago–, de manera que ellos comprendan.

Randal asintió. Las palabras de Laerg tenían sentido, pero algo acerca de la invocación aún le despertaba sospechas. No podía liberarse del recuerdo del fuego que paseaba por el círculo como una criatura salvaje prisionera en una jaula.

Dio vueltas por ahí el resto de la tarde hasta que finalmente, al anochecer, se dirigió a Grinning Gryphon. Lys estaría actuando durante el horario de la cena, y podía charlar con ella después. Con Nick fuera de la ciudad y Madoc de viaje, no tenía otros amigos en Tarnsberg.

La noche había caído cuando llegó a la taberna, y el salón principal estaba atestado de clientes. Lys cantaba, con su clara voz de alto que trepaba por la notas del laúd. Randal compró una sidra y se acomodó en su rincón preferido a esperar a que el show terminara.

"Yace aquí, yace aquí, tú, falso caballero,
yace aquí y déjame vivir.
Son siete damas a las que has ahogado,
Pero la octava te ha ahogado a ti."

Se apagaron las últimas notas de la vieja balada. Sin duda, los clientes de Grinning Gryphon ya sabían la historia del amante asesino y de la valiente damisela que al fin le habia dado muerte, pero sin embargo, la aplaudieron fervorosamente. Agradeció con una reverencia, se retiró la espesura de sus negros rizos de los ojos, y se dirigió a la zona de las mesas para unírsele a Randal.

–Cantar para los magos me desacostumbra del otro tipo de público –observó mientras tomaba asiento–. Uno pensaría que nunca antes habían escuchado música.

–Saben apreciar el talento –dijo Randal–. Es todo. –Y se volvió taciturno al recordar la música que Madoc había hecho sonar del aire esa noche en el Castillo de Doun años atrás.

Apoyó el jarro de sidra sobre la mesa e invocó una imagen en miniatura del árbol de luz que el maestro mago había creado junto con la música. Pero la imagen se hizo pedazos casi tan pronto como la hizo aparecer y solo dejó una niebla dorada en el aire que rodeaba la mesa. Dejó caer la mano sobre su regazo y suspiró.

Lys había estado mirando la ilusión en todo el proceso; ahora, lo miraba con una mirada curiosa. –¿Qué te sucede? –le preguntó–. Para alguien que apenas podía encender una vela hace seis meses, te está yendo bastante bien.

–Supongo que sí –dijo Randal–. Pero...

Suspiró nuevamente, y luego se dispuso a contarle sobre la lección de esa tarde con el Maestro Laerg. Le describió el fuego y cómo empujaba los límites de su mágica prisión. –Todo lo que quería era liberarse, ¡pero primero tuvo que *rogarme* que le diera una orden!

–Muchos disfrutarían con algo como eso –observó Lys con una sonrisa.

–Bueno, yo no –dijo Randal–. Y si de eso se trata la magia superior, entonces, no estoy muy seguro de que quiera tener algo que ver con ella.

Al escucharse decir esas cosas, Randal se conmovió un poco, pero se daba cuenta de que todo era verdad. "Lo que estoy aprendiendo no es lo que quería aprender."

–Tal vez, deberías hablar con el Maestro Madoc la próxima vez que esté en la ciudad –aconsejó Lys–. No parece ser una persona que disfrute de hacer bailar lenguas de fuego.

Randal sonrió a pesar de su depresión. –No. No lo es. Pero podría tardar meses antes de que vuelva a aparecer. ¿Y qué hago mientras?

Inclinó la cabeza, lo miró de cerca y le dijo: –Vete a casa y duerme un poco. Te ves cansado. Tal vez, el Maestro Laerg no es el indicado para ti, después de todo.

Randal consideró sus palabras y se volvió a la habitación del ático sobre la carpintería, pero algo seguía preocupándolo mientras se preparaba para ir a la cama. Sin poder conciliar el sueño, se quedó mirando la luz de la luna que se reflejaba en el piso y escuchaba los sonidos de la noche en la ciudad.

Al fin se durmió, profundamente al principio, y luego tuvo un sueño.

En el sueño, caminaba por las calles de Tarnsberg, como el primer día que llegó. Abrió la puerta de Grinning Gryphon y entró. El salón principal estaba vacío, sin siquiera el fuego encendido en el gran hogar; subió las escaleras hacia el cuarto donde había pasado la primera noche en la ciudad, y abrió la puerta sin antes tocar.

Randal entró a la habitación y se encontró parado a cielo abierto entre un grupo de muchachos, señores, comerciantes y magos en sus batas de maestro. Todos le hicieron una reverencia y se alejaron. Vio que estaba de pie en la ladera de una colina alta que daba a Tarnsberg y que la ciudad se abría a sus pies alrededor de la bahía.

Los muchachos que estaban de pie a su lado comenzaron a caminar a su alrededor cada vez con mayor velocidad y a cambiar de forma hasta que no fueron más que sombras en espiral con forma de hombres y mujeres. Un gran viento comenzó a soplar por la cima de la colina. Zumbaba como si fuera una hambrienta bestia salvaje.

La multitud de sombras bailaba a su alrededor ante el viento que se levantaba, se acercaban cada vez más y luego, se retiraban. Intentó ver sus rostros, pero sus facciones permanecieron borrosas e indefinidas siempre que las miraba fijo, sin importar lo familiar que le parecieran al captarlas con el rabillo del ojo.

"¡Ilusión!", pensó, y gritó una frase en lengua antigua para que su vista se aclarara y le mostrara solo la realidad.

Al salir de la garganta las últimas sílabas, vio por primera vez que las figuras en sombras no tenían rostro. En cambio, tenían máscaras. Estiró un brazo hacia el bailarín más cercano, y le arrancó la máscara... y detrás de ella solo encontró otra máscara, más blanca.

Oyó el sonido de una risa estruendosa o de una trompeta de bronce, y los bailarines se alejaron nuevamente para dejar a la vista la abertura de una puerta en la ladera, ante él. Una luz lo atrajo y cruzó la puerta abierta.

Una vez más, apareció en las calles de Tarnsberg. Pero la ciudad era diferente de lo que Madoc había denominado la mejor ciudad y las más bella. Todos se habían desvanecido, y la basura se apilaba en las calles vacías.

Desde un callejón, llegaba una montaña de basura casi hasta sus pies. Se alejó del lugar hediondo y luego siguió su camino. De alguna manera había llegado hasta la basura, un libro de la biblioteca de la Schola. El ejemplar estaba abierto sobre los desperdicios malolientes. Las hojas doradas y la tinta de colores de las páginas iluminadas del libro brillaban como joyas al compararlas con la suciedad del lugar.

"No debería estar aquí", se dijo, y lo tomó. "Debe volver a la Schola, adonde pertenece."

Pero era evidente que la Schola se encontraba tan decadente y solitaria como el resto de la ciudad misma. La biblioteca, donde le habían tomado examen dos veces, estaba vacía y llena de polvo, y el ambiente olía a podrido y mohoso. Se acercó al estante más próximo e intentó colocar el libro en su lugar entre otros ejemplares.

El libro cayó al piso. Randal volvió a tomarlo y lo colocó nuevamente en su lugar. Una vez más, cayó al suelo.

Una tercera vez, ubicó el libro, que cayó por tercera vez. Las hojas se abrieron al golpear contra el piso.

Lo levantó. Esta vez, cuando lo miró, vio que las páginas estaban escritas en un alfabeto que no le era familiar. Lo observó con mayor detenimiento pero no pudo reconocer el lenguaje: no se trataba del idioma de Brecelande, ni era la lengua antigua, sino un lenguaje que Randal nunca había visto. Frunció el ceño con recelo. Intentó leer las extrañas sílabas mentalmente para comprobar si combinaban con alguna otra lengua conocida en la Schola: los ásperos sonidos guturales de la lengua nativa de Crannach o el fluido idioma sureño de Lys o la lengua sibilante de la tierra de Madoc.

Sin importar cuánto lo intentara, las palabras permanecían ininteligibles, y sintió una sensación de opresión. Sabía que el libro contenía algo importante, secretos mágicos que nunca podría dominar ni siquiera con toda la fuerza de voluntad del mundo. El ejemplar de tapas de cuero pesaba entre sus manos, y cada vez se tornaba más pesado, hasta que el propio peso hizo que debiera arrodillarse en el piso polvoriento y destartalado de la biblioteca.

Intentó soltar el libro, pero no pudo. Continuaba tornándose cada vez más pesado, y las tablas del piso de madera crujían y se quebraban a sus pies. Al fin, el piso crepitó cuando la madera cedió por completo y Randal cayó...

Despertó.

Una vez más, apareció acostado en la estrecha cama del cuarto sobre la carpintería. La habitación estaba vacía, sin amigos que lo ayudaran a descifrar el extraño sueño. Las sábanas se habían enrollado alrededor del cuerpo durante la noche, y tenía la piel húmeda de sudor. Por la ventana del ático entraban las primeras luces del amanecer.

Estaba cansado y adolorido, y mucho más viejo que el Randal que se había acostado la noche anterior. Lentamente, se desenrolló de la maraña de sábanas y se levantó. El aire fresco de la mañana lo hizo tiritar un poco.

Se dirigió a la mesa y se lavó el sudor con agua de la jarra. Una vez que terminó de asearse, se vistió con su ropa y la bata negra de los aprendices de mago.

Luego, bajó las escaleras con tranquilidad y salió a la calle vacía atravesando la carpintería.

IX
Sangre de mago

Tarnsberg estaba tranquila temprano por la mañana, y no demasiados ciudadanos andaban por allí. Pero aun así, la escena no se parecía en lo más mínimo a la desolación del sueño de Randal.

Tirabuzones de humo se elevaban de muchas chimeneas, y el olor tempranero de pan horneándose turbaba su nariz al pasar por el barrio de las panaderías y de casas de comidas. Aquí y allá, sonaban las persianas de madera de las tiendas al ser abiertas por sus dueños, que dejaban escapar voces aún un poco soñolientas que provenían del interior. En algún lugar, a unas pocas cuadras de allí, un ganadero daba gritos de arreo a sus animales mientras las ruedas del pesado carro retumbaban sobre los adoquines irregulares.

Randal observó las calles como si las viera por primera vez. "Ya comprendo por qué Madoc dice que esta ciudad es bellísima", pensó. "No son las edificaciones, ni las colinas, ni el océano... es la *vida* que tiene todo esto."

—¡Randal!

Se detuvo al escuchar la voz de Lys. La muchacha corrió calle abajo a su encuentro. Venía de Grinning Gryphon.

—¿Qué sucede? —le preguntó. Lys se acostaba tarde la mayoría de las noches dado que cantaba en la taberna hasta la hora de cerrar, y casi nunca estaba levantada a esa hora de la mañana.

–Vine a avisarte –le dijo–. Tu amigo Madoc está de regreso en la ciudad. Esta mañana apareció justo cuando Cook habría la cocina.

"Madoc regresó." Randal no se había dado cuenta, hasta ese momento, cuánto extrañaba la ayuda y los consejos del norteño. –Dile que necesito hablar con él esta misma mañana –le dijo a Lys–. Iré a Grinning Gryphon antes del mediodía.

–¿Y por qué no vienes ahora? –quiso saber Lys–. Probablemente haya terminado de desayunar para cuando lleguemos allí.

Randal negó con la cabeza. –Primero debo ir a otro lado.

–¿A esta hora?

–Antes de hacer nada –dijo Randal–. Anoche tuve un sueño.

–¿Tuviste un... ¡Ah! Como cuando viste el futuro esa vez.

–No tan así. No pedí este sueño. –Randal permaneció en silencio por un instante, como si recordara algo–. Pero... ¿recuerdas de lo que te hablé ayer a la noche?

–Por eso vine a decirte lo de Madoc.

Randal le sonrió. –Gracias. Pero el sueño me dijo al menos parte de lo que necesitaba saber: estudiar con el Maestro Laerg no es para mí, y debo decírselo.

Lys se intranquilizó. –Pero has dicho que debes tener un maestro. Tú mismo me lo has comentado.

–Tal vez Crannach me tome, si no está demasiado ocupado. Y siempre están Tarn o Issen. Y si no me toman... –Randal se encogió de hombros– entonces encontraré alguien más o haré lo que pueda por mí mismo. Pero antes que nada, debo decírselo al Maestro Laerg.

–¿No podrías esperar hasta hablar primero con Madoc?

–No –dijo Randal–. Debo verlo primero a él.

Lys lo miró con preocupación. –Si tú lo dices, Te veré en Gryphon después del desayuno.

Deshizo el camino recorrido y Randal continuó por las calles iluminadas por la luz de la mañana hacia la Schola. Un aprendiz avanzado de ojos soñolientos le abrió la puerta principal mientras bostezaba. Randal atravesó los salones hacia el lugar donde viven los maestros residentes.

Dentro de la Schola, la mayoría de los estudiantes y maestros aún dormían, pero unos pocos mañaneros ya andaban por allí. Randal pasó al lado de un par de aprendices de bata negra, novatos desde que se había ido del dormitorio, y se detuvo para saludar a Pieter, que había sido el portero de su examen ante los Directores.

Pieter ya había pasado sus exámenes finales y, al igual que Boarin, ahora vestía una bata de maestro. Se encontró con Randal con una versión dormilona de su sonrisa siempre agradable.

–¿Qué te trae por aquí tan temprano? –le preguntó Pieter–. Creía que los aprendices se mudaban de la Schola para poder dormir hasta más tarde por la mañana.

–¡Qué gracioso! –dijo Randal–. Yo creía que era para que los magos itinerantes se conviertan en maestros magos.

–No si planean quedarse en la Schola –le dijo Pieter–. Alguien debe levantarse e invocar los hechizos para asegurarse de que el fuego de la cocina se encienda y el pan del día se leve... y eso no es tarea de los maestros, te lo puedo asegurar. Pero son muy buenos para conjurar a todas horas y luego desaparecer hasta el mediodía.

–No todos –dijo Randal–. El Maestro Laerg hace muchas de sus tareas temprano por la mañana.

Pieter lo miró de arriba a abajo. –Y parece ser que arrastra a su aprendiz desde la ciudad para que lo ayude –dijo el joven maestro después de medir sus palabras por un instante–. Bueno, buena suerte con tu trabajo de hoy. Me voy a despertar la cocina.

Randal continuó hasta la parte de la Schola donde se alojan los maestros residentes. Laerg tenía un aposento que incluía una torre en una esquina, arriba del piso superior, al final de la estrecha escalera caracol. La escalera era iluminada por una sola ventana en cada nivel. Al subir, Randal vio una claridad amarillenta que brillaba en la penumbra; era la luz que escapaba por debajo de la puerta de la habitación de la torre del maestro mago.

"Bien", pensó Randal. "No tendré que despertarlo para darle la noticia."

Golpeó a la puerta.

–¡Adelante! –resonó la voz de Laerg desde dentro. Randal reconoció otra cosa que le daba tranquilidad. El maestro mago no estaba molesto por la interrupción. Con frecuencia, las interrupciones durante las horas de trabajo lo irritaban y era menos paciente con los errores del aprendiz. Si el maestro mago estaba de buen humor, deshacerse de él sería más fácil.

Randal empujó la puerta. Esta se abrió y luego, con suavidad, la cerró detrás de sí al entrar. Miró a su alrededor y notó que el maestro mago en realidad había comenzado temprano con sus conjuros. Las pesadas cortinas aún cubrían las ventanas y no permitían la entrada de luz, y las velas de los rincones de la habitación se consumían ya cortas en los candelabros. Un débil vaho alteraba el aire, y el olor algo dulce del incienso hizo cosquillas en la nariz de Randal.

Sin embargo, además de todo eso, la atmósfera de la habitación vibraba con el poder de los hechizos que había realizado. Tres años atrás, Randal nunca hubiera notado la diferencia; seis meses atrás, no hubiese sabido decir de dónde provenía. Pero el tiempo que había pasado con el Maestro Laerg no fue en vano, aun si ya había decidido encontrar otro maestro; en ese momento, era capaz de reconocer los rastros de un conjuro mayor.

Laerg se encontraba sentado en la silla de siempre del otro lado de la habitación. El mago de cabello rubio aún vestía la bata que solo usaba para las ocasiones mágicas más importantes: una pesada vestimenta de terciopelo púrpura bordada con símbolos en hilos de oro. Se lo veía cansado y satisfecho al mismo tiempo... Sea cual fuera el hechizo que hubiera hecho, Randal estaba seguro de que debió ser difícil, pero con buenos resultados. Laerg se puso de pie y salió a su encuentro.

–Buenos días, Randal. Estaba esperándote.

Randal dudó. "Solo hace media hora que decidí venir aquí."

Laerg sonrió. –Si hubieses estudiado más, sabrías que pocas cosas se esconden de un maestro mago... y mucho menos, la llegada inminente de un aprendiz.

"Entonces, también sabe la razón por la que estoy aquí", pensó Randal. En voz alta, dijo: –¿Qué quiere decir con "si hubiese estudiado más"?

Laerg señaló el banco bajo donde Randal solía sentarse durante las lecciones. –Toma asiento y permíteme explicarte.

Randal se sentó. Laerg volvió a su silla y se recostó sobre el respaldo. Unió las yemas de los dedos y dijo: –La primera pregunta que te hacen cuando vienes a la Schola es por qué deseas ser mago. Y en el examen final para maestro, la última pregunta es la misma.

El maestro mago lo escrutó con ojos entrecerrados y sonrió como si pensara en algún truco. –¿Por qué deseas ser mago? –le preguntó nuevamente–. Nadie nunca ha dado una buena respuesta, en lo que respecta a los Directores, y nunca nadie lo hará.

Randal, animado por las confidencias del maestro y por su propia decisión de buscar un nuevo maestro, le dijo: –Tal vez nadie sepa la respuesta correcta, después de todo.

Laerg rió. –Por cierto, no los Directores de la Schola. El poder más allá de la imaginación se basa en sus conocimientos, y no hacen nada con él. El más débil de ellos solo debe estirar la mano para que todo el reino de Brecelande caiga como lo hace un durazno maduro del árbol.

"El verdadero mago no tiene intenciones de buscar poder mundano." Randal parecía oír la voz de Madoc que le repetía estas palabras con la misma claridad como cuando se las dijo una vez en Grinning Gryphon.

–No creo que los Directores de la Schola quieran controlar el Reino de Brecelande ni de ningún otro lugar –dijo Randal en voz alta.

–Serían unos tontos –dijo Laerg–. El reino está acéfalo y tarde o temprano alguien lo tomará, ya sea que la Schola lo acepte o no.

–¿Alguien? –preguntó Randal. Recordó el sueño que tuvo, con las figuras en sombras que se meneaban ante él, y la Schola en ruinas–. ¿No es "algún mago" lo que quiere decir?

Laerg sonrió. –Después de todo, no eres un caso perdido. Es posible que te hubiese podido mantener a mi lado, pero no me atrevo a arriesgarme, no cuando Madoc fue tu primer maestro. Él y Crannach tienen razón en una cosa, al menos... Tienes bastante potencial. Es una pena que no pueda ayudarte a desarrollarlo.

—Sí, bueno... Es por eso que en realidad vine a verlo —dijo Randal—. Vine a decirle que ya no puedo ser su alumno.

—Viniste porque yo te ordené que vinieras —dijo Laerg—. Tengo una tarea para ti, Randal... Quise retrasar las cosas hasta que llegara una oportunidad mejor, pero luego comenzaste a escurrirte de mí y decidiste no permanecer más conmigo.

Randal asintió lentamente. —¿Usted me lo ordenó? Eso explica por qué no pude esperar a hablar con Madoc antes de venir aquí.

—¿Madoc está en la ciudad? Entonces, tengo poco tiempo que perder, y me alegro de que estés aquí conmigo —dijo Laerg—. No podría permitir que lo vieras... Hubiera advertido algo. Nunca me agradó tu amigo del norte... y lamento decir, que él nunca ha confiado en mí. —El mago de cabello rubio rió—. Tal vez, se confirme que tenía razón, antes del final.

—¿Antes del final? —De pronto, todos los vagos pensamientos de Randal se transformaron en un dolor agudo en el pecho—. ¿Qué planea hacer?

Laerg estaba muy tranquilo. —¿Hacer? Los mataré a todos, por supuesto.

—¿Los va a...? —Randal se escuchó pero temió repetir las últimas palabras, y se detuvo. Con un gran esfuerzo por hablar con calma, preguntó: —¿Cómo?

—Con la ayuda de la dimensión de los demonios —dijo Laerg—. Estuve toda la noche preparando la puerta de ingreso y ahora, solo me falta la sangre para pagarles a los demonios por su ayuda.

Randal comenzó a temblar. –Si planea matar a todos en la Schola –dijo–, creo que los demonios tendrán sangre suficiente.

–Para cuando hayan terminado –dijo Laerg–. Pero los demonios de jerarquías superiores cobran por adelantado... Primero la sangre, y luego el trato.

Randal apretó las manos contra las rodillas para que no le temblaran. –Supongo que será sangre humana –dijo.

–Naturalmente. Los príncipes demoníacos son simples diablillos y duendes a los que no se les puede engañar con sangre de cordero o un frasco de aceite. Quieren sangre humana, y para contratar al más poderoso de ellos, solo sirve la sangre de un mago.

"Eso explica todo" pensó Randal. "Por qué me tomó como aprendiz y me enseñó tanto y con tanta rapidez; por qué no le agrada Madoc, y por qué me ordenó que viniera esta mañana."

De un salto se puso de pie y volteó el banco.

Laerg hizo un gesto. El espacio que rodeaba a Randal comenzó a brillar en azul purpúreo, y el aire ante él parecía solidificarse. El impacto lo arrojó hacia atrás, y cayó.

Randal comenzó a luchar.

En la base de la barrera invisible, brillaba un círculo mágico lo suficientemente grande como para tragarse toda la habitación. La silla de Laerg estaba fuera del círculo rodeado de velas. En los cuatro puntos cardinales, destellaban signos y símbolos en una luz azul pálido. Gracias a la lectura de los libros de la biblioteca de la Schola, Randal reconoció los nombres de demonios tan poderosos que aun varios maestros magos ni se atrevían a pronunciar sus nombres completos.

"Estoy atrapado" pensó. Desesperado, intentó el único hechizo que lo podía ayudar, una invocación simple de apertura que había aprendido después de que el carpintero comenzó a cerrar la tienda temprano.

–No te servirá de nada –le dijo Laerg–. Te tengo, aprendiz. Con magia y todo.

Hizo otro gesto y las velas brillaron con mayor intensidad, inundando la habitación con una luz anaranjada. Gracias a la iluminación, Randal advirtió algo en lo que antes no había reparado, o que le estaba oculto mientras hablaba con Laerg. Un pequeño caldero con patas justo afuera de los límites luminosos del círculo, y de su ancha boca, descansaba una gran espada con adornos en oro. El rubí del puño destellaba a la luz de las velas como una gota de sangre.

Laerg se puso de pie y se dirigió al caldero. Levantó los brazos y los abrió bien para comenzar a invocar, en lengua antigua, a los demonios por sus nombres y a realizar el hechizo para que, una vez que hubieran tomado la sangre que les ofrecía, los enceguecería para que hicieran su voluntad y no lo dañaran.

–*Principes deomonorum invoco...*

Las palabras resonaban como truenos en la pequeña habitación. Randal se puso de pie en el centro del círculo y escuchó la lista de demonios del reino de las tinieblas. Las paredes del cuarto comenzaron a irradiar luz mientras el encanto proseguía. Randal sabía que pronto se caerían por la presión de la dimensión demoníaca. Luego, los príncipes maléficos aparecerían y demandarían su pago... la sangre de un mago.

Su propia sangre.

Randal dio un grito de temor. Dentro suyo le pareció oír la voz de Sir Palamon, el maestro de armas del Castillo de Doun, que le decía: "Nunca entres en pánico, muchacho. Solo te impedirá pensar con claridad".

Apretó los puños. "Pero, ¿qué puedo hacer? Él es un maestro mago y yo un simple aprendiz... y controla la poca magia que sé."

Una vez más, oyó la voz de Sir Palamon: "Puede ocurrir que un día no cuentes con el escudo, ni con la armadura, ni tus amigos se encuentren cerca de ti, pero tendrás tu espada y tu habilidad. Siempre las tendrás contigo."

Randal recordó. Miró nuevamente la espada con adornos de oro que estaba sobre el caldero de cobre, justo afuera del círculo, y por lo tanto, fuera de su alcance.

–*Venite, venite, principes demonorum...* –Laerg continuaba con su hechizo.

Randal comenzó a desesperarse otra vez, y luego, otro recuerdo lo sorprendió. Esta vez, era el sonido de su propia voz hablándole a una presencia pequeña y destellante demasiado débil como para escaparse de su control. "Te ordeno que me digas tu nombre, y que acudas a mí la próxima vez que te invoque."

–Flashfire –murmuró por debajo del tono de voz de Laerg.

Apareció una luz en un rincón de la habitación, fuera del brillo anaranjado de las velas y de las luces del círculo mágico. La voz débil del fuego susurró en la mente de Randal.

"...has llamado, y aquí estoy... ¿tienes algo para ordenarme, para que luego pueda partir?..."

Randal intentó mantener su voz a un nivel de murmullo. "Solo una cosa, Flashfire, y luego podrás irte. ¿Ves la espada que está en el caldero?"

La criatura se elevó y dijo: "...cosa peligrosa. La veo..."
"Bien", dijo Randal. Hizo una pausa. Lo que estaba contemplando, una vez hecho, no podía volverse atrás... y si no moría en ese momento, debería vivir para siempre con las consecuencias que significaban. Dudó un segundo más, y luego volvió a dirigirse al elemento: "Solo empuja la espada dentro del círculo, y puedes irte."

El fuego desapareció de su lugar en el rincón y volvió a aparecer rodeando la espada y el caldero. Laerg continuaba con lo suyo.

"¡Ahora!", pensó Randal, y la luz de Flashfire se esfumó al deslizar la espada. El metal resbaló por el borde del caldero y luego el filo cayó al piso. Volteó el caldero y cayó con un estruendo.

Ahora, el extremo del filo estaba dentro de los límites del círculo mágico.

Laerg se detuvo. Antes de que el maestro mago pudiera voltearse, Randal tomó la espada por el extremo y la arrastró hasta dentro del círculo. La hoja estaba sin estrenar, pero era lo suficientemente filosa de todos modos; sintió que el filo le cortaba la palma.

Laerg levantó una mano y movió los labios. Randal pudo oír la voz del maestro mago que comenzaba a pronunciar otro hechizo... algo para aturdir a un enemigo o para dejarlo inmóvil.

Randal empuñó la espada fuertemente con su mano sangrante. Pudo visualizar dónde debería terminar el extremo, es decir, al otro lado del cuerpo del maestro mago. Colocó la espada en posición de guardia detrás de la espalda. Luego, hizo zumbar el filo como si le cortara las piernas a Laerg. A último momento, estiró el brazo y dio un paso hacia adelante para poner el movimiento en acción. La espada entró limpia. La mano de Randal se topó contra el límite del círculo mágico, pero el filo inerte de la espada penetraba donde su cuerpo no podía.

El acero entró por el abdomen de Laerg empujando al maestro mago hasta la pared de la habitación. Luego, como parte del mismo movimiento, Randal retrocedió un paso y liberó la espada sin soltarla. Volvió a tomar la posición de guardia con la espada a la espalda y se preparó para un nuevo golpe.

Laerg lo miró sorprendido. Las miradas de los dos se cruzaron. −¡Qué extraño! −dijo−. Nunca pensé que un mago podría usar la espada de ese modo.

Randal sintió que el círculo se desvanecía. La espada con adornos de oro pesaba entre sus manos. Recordó lo que la Maestra Pullen le había dicho el día que los Directores lo habían admitido en la Schola: "Nunca debes atacar ni defender con una espada, con una daga ni con ningún arma de caballero. Se le prohibe el uso a los que practican las artes mágicas."

Pero no tuvo tiempo de reflexionar en lo que había hecho. Las paredes se abrieron y apareció un grupo de seres informes: eran los demonios que habían sido convocados desde su dimensión por los conjuros de Laerg, listos para sellar el pacto con sangre de mago.

X
La puerta abierta

Randal invocó al fuego, como hizo Gaimar durante su pelea en la habitación. Arrojó la bola de llamas al demonio más cercano. La criatura se tragó el fuego de un lengüetazo y rió. "Voy a morir", pensó Randal. Si los demonios tienen poder suficiente para destruir toda la Schola junto con todos los maestros magos, entonces la magia de un aprendiz autodidacta no los iba a detener.

Ahora, los demonios entraban a la habitación a través de unas grietas estrechas en la dimensión de la realidad. Al verlos entrar, de pronto Randal se dio cuenta que debían encogerse para traspasar el hueco. Laerg nunca había concluido el hechizo de la puerta abierta.

"Tal vez tenga una oportunidad, después de todo."

Randal elevó la mano e invocó el hechizo de la protección general. A continuación, pronunció el hechizo contra las pesadillas, uno que su nodriza le había enseñado mucho antes de dejar la casa de su padre. "Sea como fuera, no puede dañarme."

Pero sabía que debía distraer a los demonios del charco de rojo fluido que se esparcía desde el cuerpo de Laerg. Al menos, si lo buscaran a Randal, les daría batalla. Una pelea corta, admitió, pero buena.

—¡Si quieren sangre de mago —les gritó a los que se acercaban—, entonces vengan por la mía!

Miró hacia abajo justo a tiempo para ver a un demonio que se abalanzaba a la sangre que goteaba de su mano lastimada. Retiró el brazo con rapidez e intentó invocar un rayo... algo que nunca antes había hecho.

Sintió que el poder del hechizo crecía en él, y luego, que se debilitaba y se disipaba antes de que pudiera utilizarlo.

"No soy un aprendiz," pensó, y al ser consciente de ello, sintió cierta ira. "¡Soy un mago! Laerg me hizo mago, para que mi sangre fuera útil para su trato con los demonios."

Con un esfuerzo extraordinario, repitió el hechizo. Lanzó un rayo al demonio que intentaba lamerle la sangre. La fuerza de la centella que había impactado tan cerca de él, lo despeinó. El rayo hizo contacto y el demonio se partió en dos.

En ese mismo momento, la puerta de la habitación de la torre se abrió de un golpe con un estruendo que empequeñeció el rayo de Randal. Apareció Madoc el Caminante con una luz destellante que resplandecía a sus espaldas. El viento cálido de la dimensión de los demonios le despejó el cabello oscuro del rostro. Elevó su báculo sobre la cabeza y pronunció una frase de poder en voz muy alta.

Los demonios se agitaron. Se olvidaron de Randal y dirigieron la atención a su nueva amenaza. El mago del norte alzó la mano desocupada. Un destello de fuego voló por la habitación y se introdujo en el demonio más cercano, tirándolo hacia atrás.

Al otro lado de la habitación, Randal se paró sobre el cuerpo de Laerg. La mano herida de Randal latía por donde había tomado la espada. Más allá, una cosa informe intentaba pasar a través de la grieta entre dimensiones.

Madoc gritó una frase en lengua antigua. El norteño ingresó en la habitación y los demonios se desplomaron ante él. Pero sus enemigos eran grandes príncipes en su propia dimensión de existencia, y estaban lejos de ser derrotados. En vez de huir, se reunieron cerca de donde Randal estaba parado, espada en mano, sobre el cuerpo ensangrentado del Maestro Laerg.

"Necesitan beber la sangre antes de poder adquirir todo su poder", pensó Randal, que de pronto entendió sus intensiones. "Un círculo... Tal vez eso los mantenga alejados de la sangre."

Usó la espada como si fuera una varita mágica y trazó un círculo alrededor del cuerpo. Las criaturas monstruosas que se encontraban a su alrededor comenzaron a aullar, pero apretó los dientes y continuó. Al menos en ese momento, actuó como un mago, y todos los horrores de la dimensión demoníaca no podían evitar que terminara su tarea.

La línea blanca azulada del círculo protector brilló y Randal recordó las palabras de Laerg del día anterior: "Enciérralos con acero".

Colocó la espada con el puño hacia el oeste y luego se volvió hacia la lucha.

Madoc seguía avanzando por la habitación. La luz brillante, casi demasiado intensa como para poder mirarla fijamente, brillaba detrás de él. Dos figuras aparecieron en la habitación. Randal reconoció a la Maestra Pullen y al Maestro Crannach.

La Maestra Pullen pronunció una frase, y de ella surgieron lanzas de luz multicolor. En cuanto se ponían en contacto con los demonios, estos comenzaban a derretirse hasta disolverse por completo. El Maestro Crannach pronunció unas cuantas palabras con su voz profunda y señaló a otro de los demonios. La criatura escamosa explotó en mil fragmentos.

Randal intentó invocar otro rayo, pero la fuerza que fluía de él, lo había abandonado. Se agotó al hacer aparecer el círculo.

Un demonio se inclinó sobre él mostrando los colmillos, con la intensión de clavarlos en su garganta. Randal hizo aparecer una bola de fuego. Era más pálida que las que usaba al principio, y el agotamiento de la fuerza lo debilitaban visiblemente. El demonio solo pestañeó y volvió al ataque.

Entonces, Madoc intervino por tercera vez. Los demonios aullaron... con un sonido similar a trompetas de bronce desafinadas... y se arrastraron aún más atrás. El demonio inclinado sobre Randal cayó hacia atrás junto con el resto.

El Maestro Crannach comenzó a pronunciar un hechizo, lento pero sin pausa. Randal se dio cuenta de que era la invocación inversa a la de Laerg: en vez de llamar a los demonios, Crannach los nombraba y los expulsaba uno por uno. Dos figuras más aparecieron por la puerta abierta de la habitación: Pieter, con su bata flameando a su alrededor, y Lys.

Las rodillas de Randal se aflojaron. Pieter tomó a Randal de un brazo y Lys del otro, justo cuando el joven aprendiz comenzaba a desplomarse.

–¡Vámonos de aquí! –gritó el joven maestro con toda la voz–. ¡El Maestro Madoc debe cerrar la puerta!

Randal no dijo nada. El agotamiento y el dolor se habían apoderado de él. Se tambaleaba entre Pieter y Lys mientras lo sacaban de la habitación y lo bajaban por las escaleras. Detrás de ellos, aún se oían las voces de los maestros, entremezcladas con los aullidos demoníacos y los estallidos de los rayos.

–Ellos van a encargarse de eso –dijo Pieter al ver que Randal volvía la mirada por sobre su hombro–. Tu amigo es realmente bueno.

–Ya lo sé –dijo Randal. Sus fuerzas dejaron de asistirlo por completo y cayó sentado al pie de la escalera–. Apareció justo a tiempo.

–Corrimos todo lo que pudimos –le contó Lys–. El Maestro Madoc supo que algo ocurría en cuanto le comenté lo que me habías dicho anoche, y adónde irías esta mañana. –Y mirando a Pieter continuó–: Fuimos en busca de tu otro amigo cuando llegamos aquí... que estaba dando vueltas preocupado porque presentía que estabas en problemas, pero no tenía el coraje de irrumpir en la habitación de alguien tan importante como Laerg.

–Cosas como esa nunca le han molestado a Madoc –dijo Randal.

–Deberías haberlo visto despertando a Crannach y a Pullen –le dijo Pieter con una sonrisa–. Pateó sus puertas y les pidió que lo siguieran, como si les estuviera hablando a aprendices en vez de a maestros magos y Directores de la Schola.

Randal apoyó la cabeza contra la pared con un suspiro de extenuación. –Al menos aún sigo vivo, sea lo que fuera que decidan hacer conmigo.

–¿Qué quieres decir con eso? –le preguntó Lys–. No creo que piensen que tú has ocasionado todo este lío.

–Laerg está muerto –anunció Randal–. Ustedes lo vieron allí.

Lys se encogió de hombros. –Después de lo que estaba haciendo, no creo que nadie lo vaya a extrañar demasiado.

–Probablemente no –admitió Randal–. Pero murió por mi espada, y yo soy el que lo mató.

–Eso *sí* que es serio –dijo Pieter–. Estás en graves problemas.

–¿De qué están hablando ustedes dos? –dijo Lys.

–Los magos no llevan espadas –le explicó Randal–. Ni las usan, salvo como símbolos mágicos. Ningún mago jamás ha usado un arma, hasta lo que pueda recordarse... pero yo sí.

–No vas a decirme que prefieres estar muerto –dijo Lys con firmeza–. Y no creo que los Directores lo piensen, tampoco.

Durante los días siguientes, Randal se aferró bien a su razonamiento. Tuvo mucho tiempo para meditar sobre ello. Pasaba la mayor parte del tiempo empacando y desempacando sus pertenencias, convencido, a veces, de que le pedirían que se fuese, y luego con la esperanza de que le permitieran quedarse. Los magos de la Schola estaban ocupados limpiando el desorden, mágico y del otro, que los demonios habían dejado. Nadie contaba con demasiado tiempo para hablarle a un aprendiz de mago, especialmente uno que bien podría ser la desgracia del lugar, tanto como el fallecido Laerg.

La herida de Randal sanó con facilidad. Con bálsamos, vendajes y hechizos, el profundo corte de la palma derecha se curó con rapidez. Cuando los directores lo mandaron llamar para una entrevista formal en la biblioteca de la Schola, solo tenía una cicatriz rojiza. La piel de la mano siempre quedaría más tensa en el corte de la espada, y si alguna vez empuñara una espada de caballero o una azada de campesino, probablemente le resultaría doloroso. En cambio, para un mago, el daño era menor.

"El problema es que no sé si continuaré siendo mago, o siquiera un aprendiz, en unos minutos", pensó con aflicción mientras aguardaba afuera de la biblioteca. Intentó repetirse a sí mismo que no tenía importancia, que siempre podría volver a Doun y entrenarse para ser un caballero como su tío

Walter, u ofrecerse como aprendiz en un oficio, como había hecho Nick... pero en su interior sabía que ambos caminos estaban cerrados para él.

La puerta se abrió y Randal ingresó a la biblioteca. Una vez más, el grupo de magos se encontraba sentado frente a él en la larga mesa. Esta vez, tres de ellos: Madoc, Crannach y la Maestra Pullen.

La Maestra Pullen estaba en el centro. –Aprendiz Randal –le dijo mientras se aproximaba a la mesa–, le has dado a los Directores de la Schola mucho para debatir.

–¿Debatir? –interrumpió Crannach–. Discutir a muerte, querrás decir.

Randal bajó la vista y se disculpó: –Lo lamento.

–No creemos que hayas querido ser tema de controversia –le dijo la Maestra Pullen. Randal creyó escuchar un cierto tono de burla bicintencionada en su voz, pero enseguida descartó la idea.

–Hace seis meses –continuó Pullen–, la mesa examinadora votó para que pudieras quedarte en la Schola, pero a prueba... y no puede negarse que desde ese momento, haz hecho muchos progresos. Sean cuales fueran sus intenciones, el Maestro Laerg fue un excelente maestro.

–Además –agregó Crannach– nos hemos enterado por Lys, la cantante, que habías comenzado a sospechar del Maestro Laerg y estabas resuelto a buscar otro tutor. Esto habla bien de tu instinto. Y si esa mañana no hubieses actuado para detener a Laerg antes de que finalizara sus conjuros, el futuro de la Schola hubiese sido, digamos, poco prometedor.

–Desafortunadamente –agregó la Maestra Pullen después de un breve silencio–, resta el tema de la espada.

Randal apretó los puños. La mano derecha le dolió con el

movimiento, pero lo ignoró y miró fijamente al piso. "Ahora es cuando me agradecen gentilmente y me dicen que debo partir."

–El uso de armas de caballero por parte de un mago –continuó Pullen–, aun por parte de un mago en entrenamiento, es una ofensa contra las costumbres y la tradición que no debemos pasar por alto sin imponer algún tipo de castigo al que la comete. Matar con una de ellas deshonra todo el arte.

–Por otro lado –dijo Madoc con su profundo acento del norte–, no tenías demasiadas alternativas... y has actuado para salvar más vidas que solo la tuya.

–Por ello, la Schola te está agradecida –dijo la Maestra Pullen–. Hemos llegado a una solución entre todos. Es decisión de los Directores de la Schola que pases de aprendiz a mago itinerante.

El Maestro Crannach sonrió. –Después de todo –dijo–, el examen habitual para ser mago itinerante no es tan duro como lo que acabas de pasar. Nunca hemos arrojado a un aprendiz en una habitación llena de demonios, para ver cómo se las arreglaría.

Randal se sintió más tranquilo, pero la Maestra Pullen continuó antes de que pudiera decir palabra.

–*No obstante* –dijo–, esta decisión no es definitiva. Has usado la espada por necesidad, pero todas las elecciones tiene su consecuencia. Por lo tanto, también es decisión de los Directores que se te prohiba utilizar la magia hasta tanto se te levante dicha prohibición.

La alegría de Randal se desvaneció tan pronto como había llegado, dejándole cierta intranquilidad. "Un mago sin magia no es nada", pensó. "Pero si soy mago, ¿cómo podré ser otra cosa?"

–Normalmente –dijo Madoc– la Schola te hechizaría para asegurarse de que cumplas con la prohibición. Pero considero que tu palabra es suficiente, y tanto la Maestra Pullen como el Maestro Crannach estamos de acuerdo en confiar en ti. –El norteño lo miró a Randal en forma penetrante–. ¿Deseas darnos tu palabra?

–Si ustedes lo desean, podemos utilizar el hechizo... –interrumpió la Maestra Pullen.

Randal negó con la cabeza. –Les doy mi palabra –dijo Randal, aunque su voz se entrecortaba al hacerlo. Una vez más, creyó ver que la Maestra Pullen sonreía, esta vez, con aprobación, pero la expresión pronto se borró de su rostro antes de que pudiera asegurarse de ello.

–Muy bien –dijo–. Mago Itinerante Randal, ¿prometes rehusarte a utilizar todo tipo de magia hasta que nosotros mismos o quienes nos representen, te permitamos volver a hacerlo?

Tragó saliva y juró... Creía que la espada lo había lastimado, pero esto era peor. –Lo juro.

Pullen asintió. –Aceptamos tu juramento. Mago Itinerante Randal, puedes retirarte.

Randal salió de la biblioteca. No estaba seguro de lo que debería hacer a continuación. Por uno rato, caminó sin rumbo fijo por la Schola: las aulas, el comedor, los dormitorios con las habitaciones con cortinados. Luego, fue a su cuarto arriba de la carpintería y comenzó a clasificar los libros y la ropa.

"La bata de aprendiz ya puede volver a la Schola", pensó mientras se quitaba la negra túnica y la doblaba con prolijidad. "Y los libros." Recorrió todo el pequeño cuarto vacío con la mirada. "En realidad, no tengo mucho más. Ni siquiera puedo decir que tengo mi magia."

Agitó la cabeza. Sentir pena de sí mismo no le iba a ser de mucha ayuda. Después de un vistazo final por la habitación, bajó por las escaleras. Afuera, en la calle, dudó por un instante, y luego se dirigió a Grinning Gryphon.

Lys cantaba para los clientes del mediodía. Al acercarse a la puerta, pudo escuchar su voz de alto que se distinguía entre el murmullo de la gente.

"¡Ah! Debes contestar a mis nueve preguntas,
cantar noventa y nueve y noventa..."

Levantó la vista al verlo entrar, pero no interrumpió el canto, aunque su rostro se iluminó con curiosidad. Randal se hizo camino entre los clientes, llegó hasta la mesa habitual del rincón y se sentó pensativo mientras contemplaba un jarro de sidra y ella terminaba la canción.

Casi tan pronto como se desvanecieron los últimos acordes entre las vigas, la muchacha se deslizó en un banco a su lado.

–¿Y bien? –le preguntó–. ¿Es algo bueno o es algo malo?

–No lo sé –le confesó, y le contó acerca de la resolución de los Directores–. Soy mago itinerante –finalizó–, pero no puedo ejercer la magia. Y no soy bueno para muchas cosas más.

–Tienes una familia –señaló Lys–. Podrías volver a casa.

–No –dijo casi sin pensarlo.

Ella lo miró extrañada: –¿Por qué no?

Randal sonrió: –En realidad, nunca les pedí permiso para irme y convertirme en mago.

–¿Y crees que no te recibirán? –le preguntó–. Entonces, no puede ser llamada una familia de verdad.

Randal pensó en su tío y en su primo Walter y en todos los otros del Castillo de Doun. –Creo que sí me recibirán –reconoció–. Pero no lo entenderían.

—¿Y qué piensas hacer?

Se encogió de hombros y contestó: —Sobrevivir de la mejor manera posible, supongo. Espero que algún día los Directores decidan liberarme de la promesa.

—Tendrás que hacer algo más que esperar, muchacho —le dijo una voz familiar, con acento del norte. Madoc, el Caminante, tomó asiento en el banco frente a Randal—. Te enfrentas a un viaje difícil, joven itinerante, si deseas recuperar tu magia.

—¿A dónde debo ir? —le preguntó Randal de inmediato.

Madoc rió—. Le dije a Pullen que te lanzarías a lo desconocido... ¿Recuerdas al Maestro Balpesh?

—No —admitió Randal—. ¿Quién es?

—Balpesh era un miembro superior del Directorio —explicó Madoc—. Él presidía la reunión en tu entrevista de admisión a la Schola.

Randal recordó al anciano que le había ordenado arrojar la espada, y asintió. —Ya lo recuerdo.

—Partió en busca de sus propias investigaciones poco tiempo después, y vive solo en las montañas cerca de Tattinham —le contó Madoc—. Los directores decidieron que si él te libera de tu promesa solemne, entonces podrías ser todo un mago itinerante y de esta manera, podrías practicar la magia como te parezca.

Randal sintió los primeros indicios de esperanza renovada. Lys escuchaba la conversación con una expresión de interés. Y preguntó: —¿A cambio de qué?

—¿Qué te hace pensar que debe ser así? —le preguntó Randal.

—Siempre lo es —dijo. Se volvió al Maestro Madoc con una expresión desafiante—. ¿No es así?

El maestro mago la miró divertido. –Esta vez, sí. Si Randal desea que Balpesh le conceda el permiso para volver a utilizar su magia, entonces deberá solicitárselo en persona. Y Tattinham está muy lejos de Tarnsberg.

–Por lo menos, cuatro meses de viaje –dijo Lys–. Con malhechores, animales salvajes y sin magia ni armas para ayudarte. Recuerda bien cómo son las cosas allí afuera.

–No te preocupes –la tranquilizó Randal. Se sentía un poco molesto por tanta preocupación de su parte–. Puedo arreglármelas solo.

–Puede que sea más difícil de lo que crees –dijo Madoc–. Pero no tienes demasiadas alternativas... Balpesh no ha dejado su torre desde que se mudó allí.

–¿Por qué no lo mata directamente y terminamos con esto? –le dijo Lys al mago con una mirada que fulminaba–. ¿O en realidad cree que tiene oportunidad de triunfar de esa manera?

–Una oportunidad es todo lo que tenemos –dijo Randal.

–Y no irás sin ninguna ayuda –lo tranquilizó Madoc–. Me apenaría mucho perderte ahora, después de todo lo que ha ocurrido. No, te diré todo lo que sé sobre el camino y cómo encontrar la torre, y partirás con mi mejor hechizo de buena suerte.

Lys se puso de pie, con lágrimas en las mejillas. Miró a Randal por un momento más. Luego, tomó el laúd y se fue.

Randal también se puso de pie para ir tras ella, pero Madoc lo detuvo tomándolo por el brazo. –Le importas a ella, pero también debes aprender a dejar los afectos detrás. Algunas lecciones son bastante amargas.

El norteño bebió un poco más antes de continuar: –Cuídate allí afuera, muchacho, y tal vez te conviertas en un maestro mago algún día.

Lys tomó su lugar habitual cerca del centro del salón. Randal se recostó sobre la pared y se dispuso a escucharla tocar otra de las viejas baladas que tenían tanto éxito frente a los clientes de Grinning Gryphon.

> *"¡Ah! Cabalgaré en el rango principal,*
> *Y lo más cerca del pueblo,*
> *Porque era un buen caballero*
> *Me han dado ese renombre."*

Se trata de una larga historia de amor verdadero, huidas y rescates. La voz cálida de Lys y el sonido aterciopelado del laúd se combinaban para dar algo poderoso, a su modo, como las imágenes de luz y sonido de Madoc. Randal dejó que la música lo inundara y se sintió en paz por primera vez en meses.

"Si hubiese sabido hace tres años en lo que me metía, nunca me habría imaginado que llegaría tan lejos", pensó.

Pero lo había hecho, y podía llamarse mago itinerante con la bendición de los Directores. Un mago itinerante... y tal vez algún día, llegaría a más.

Era verdad, aún tenía una larga peregrinación antes de que su magia volviera a él, y luego lo esperaba la etapa de mago itinerante... pero ¿qué era un tiempo más en los caminos para alguien que había finalizado la etapa de aprendiz en la Escuela de Magia?

Colección

CÍRCULO MÁGICO

Debra Doyle y James D. Macdonald

¡No te pierdas las aventuras de Randal, el mago!

Se terminó de imprimir
en el mes de Marzo de 2001 en
Gráfica MPS s.r.l.
Santiago del Estero 338 - Lanús O.
Buenos Aires - República Argentina